ひなたとひかり⑧.⑤
スペシャル

高《たか》杉《すぎ》六《りっ》花《か》／作　万《ま》冬《ふゆ》しま／絵

講談社 青い鳥文庫

CONTENTS

もくじ

光《ひか》莉《り》編《へん》

アイドルデビューと初恋《はつこい》のお話《はなし》

おもな登場人物《とうじょうじんぶつ》

相沢光莉《あいざわひかり》

- 私立《しりつ》ステラ学園中等部《がくえんちゅうとうぶ》
  一年生《ねんせい》　特A《とくエー》クラス
- 好《す》きな食《た》べ物《もの》：
  チェリーパイ・マシュマロ
- 嫌《きら》いな食《た》べ物《もの》：ピーマン
- 趣味《しゅみ》：諒《りょう》くんとこっそりデート

日向《ひなた》の双子《ふたご》の姉《あね》で超人気《ちょうにんき》アイドル。
幼稚園《ようちえん》のときにキッズモデルの仕事《しごと》を
始《はじ》め、小学《しょうがく》五年生《ねんせい》でアイドルデビュー。
おっとりさんで天然《てんねん》。悪口《わるくち》を言《い》われても気《き》にしない。
陰《かげ》の努力家《どりょくか》で、何事《なにごと》に対《たい》しても
前向《まえむ》きな姿勢《しせい》をつらぬく。

日下部諒《くさかべりょう》

- 私立《しりつ》ステラ学園中等部《がくえんちゅうとうぶ》
  一年生《ねんせい》　特A《とくエー》クラス
- 好《す》きな食《た》べ物《もの》：ピザ・ブドウ
- 嫌《きら》いな食《た》べ物《もの》：シイタケ
- 趣味《しゅみ》：光莉《ひかり》とこっそりデート

光莉《ひかり》のクラスメイトでボーイフレンド。
やさしい性格《せいかく》で光莉《ひかり》のことを
いちばんに想《おも》っている。
父親《ちちおや》は芸能事務所《げいのうじむしょ》の社長《しゃちょう》。
モデルの活動《かつどう》を続《つづ》ける一方《いっぽう》で、
音楽《おんがく》プロデューサーを目指《めざ》している。

相沢日向《あいざわひなた》

Hinata Aizawa

- 旭《あさひ》ヶ《が》丘《おか》中学校《ちゅうがっこう》一年生《ねんせい》
- 好《す》きな食《た》べ物《もの》：パンケーキ・マシュマロ
- 嫌《きら》いな食《た》べ物《もの》：ピーマン
- 趣味《しゅみ》：秘密《ひみつ》の推《お》し活《かつ》・読書《どくしょ》

光莉《ひかり》の双子《ふたご》の妹《いもうと》で、普通《ふつう》の女《おんな》の子《こ》。

光莉《ひかり》と入《い》れ替《か》わって何度《なんど》もステージに立《た》ち、歌《うた》への情熱《じょうねつ》に気《き》づく。

壱弥《いちや》が特別審査員《とくべつしんさいん》を務《つと》めるガールズグループオーディションを勝《か》ち抜《ぬ》き、『kira-kira《キラキラ》』のメンバーとしてデビューすることに。

成瀬壱弥《なるせいちゃ》

Ichiya Naruse

- 私立《しりつ》ステラ学園中等部《がくえんちゅうとうぶ》一年生《ねんせい》　特A《とくエー》クラス
- 好《す》きな食《た》べ物《もの》：ハンバーグ・いちご大福《だいふく》（秘密《ひみつ》）
- 嫌《きら》いな食《た》べ物《もの》：グリンピース
- 趣味《しゅみ》：ギター・ピアノ・作曲《さっきょく》

光莉《ひかり》のクラスメイトで人気《にんき》アイドル。
世界的《せかいてき》なスーパースター。
歌《うた》もダンスも得意《とくい》で
さわやかな王子様《おうじさま》だけど、
その正体《しょうたい》はクールで俺様《おれさま》。
日向《ひなた》の前《まえ》ではデレることも。

8巻《かん》までのお話《はなし》

1

私《わたし》の名前《なまえ》は日向《ひなた》！　双子《ふたご》の姉《あね》・光莉《ひかり》と顔《かお》はそっくりだけど、性格《せいかく》は真逆《まぎゃく》なの。アイドルでキラキラしてる光莉《ひかり》と違《ちが》って、私《わたし》はどこから見《み》ても普通《ふつう》の、地味《じみ》な女《おんな》の子《こ》なんだ。

2

ある日《ひ》、ピンチの光莉《ひかり》に頼《たの》まれて、代《か》わりに学校《がっこう》に行《い》ったんだ。そこで大好《だいす》きな推《お》しアイドルの壱弥《いちや》に会《あ》って、すごくドキドキした！

3

そのあとなんと、また光莉《ひかり》と入《い》れ替《か》わってステージに立《た》ったよ。私《わたし》はシンデレラ役《やく》で、王子役《おうじやく》は壱弥《いちや》だったの！

4

それから、光莉《ひかり》の彼氏《かれし》（交際《こうさい》は内緒《ないしょ》だよ）の諒《りょう》くんから、「VR《ブイアール》アイドルにならない？」と誘《さそ》われてチャレンジしたよ！　あとでわかったけど、作曲担当《さっきょくたんとう》のVR《ブイアール》アーティスト「夜永《よなが》」の正体《しょうたい》は、「壱弥《いちや》」だった‼

私《わたし》たちのVR《ブイアール》ユニット「よなひな」は、あっというまに大人気《だいにんき》になったよ！

5

「よなひな」が活動休止《かつどうきゅうし》してしまい、「アイドルになる。」と決心《けっしん》した私《わたし》。壱弥《いちや》が特別審査員《とくべつしんさいん》を務《つと》めるガールズグループオーディションにエントリーし、一次《じ》、二次《じ》、三次審査《じしんさ》を突《とっ》破《ぱ》したの。でも、いよいよ最《さい》終審査《しゅうしんさ》というときに……。

6

週刊誌《しゅうかんし》に光莉《ひかり》と諒《りょう》くんの熱《ねつ》愛報道《あいほうどう》が出《で》てしまったの！　さらには私《わたし》が光莉《ひかり》の双子《ふたご》の妹《いもうと》だってこともバレてしまったんだけど、このピンチを乗《の》りきって最終《さいしゅう》審査《しんさ》に合格《ごうかく》。『kira-kira《キラキラ》』としてデビューすることが決《き》まったんだ！

光莉編《ひかりへん》

アイドルデビューと初恋《はつこい》のお話《はなし》

01 入《い》れ替《か》わり大作戦《だいさくせん》！

「おはよう、日向《ひなた》！」

駅《えき》の改札《かいさつ》を抜《ぬ》けるとすぐに、弾《はず》んだ声《こえ》が飛《と》んできた。

長《なが》い前髪《まえがみ》の隙間《すきま》から見《み》えたのは、笑顔《えがお》で手《て》を振《ふ》る、あーちゃん！

「あーちゃん、おはよう〜。」

あれれ？　不思議《ふしぎ》そうな顔《かお》で、私《わたし》をじーっと見《み》つめてる。

（どうしたんだろう？）

コテッと首《くび》をかしげた私《わたし》に、あーちゃんは声《こえ》をひそめて言《い》った。

「この日向《ひなた》は、日向《ひなた》のかっこうをした光莉《ひかり》、なんだよね？」

あ〜！　なるほどなるほど。そういうことか〜。

私《わたし》は大《おお》きくうなずいて、パチンとウインクをした。

「ふふっ。そうだよ！　中身《なかみ》は光莉《ひかり》だよっ☆」

私《わたし》は相沢光莉《あいざわひかり》。中学《ちゅうがく》一年生《ねんせい》。

いつもは私立《しりつ》ステラ学園《がくえん》に通《かよ》ってるんだけど、今日《きょう》は双子《ふたご》の妹《いもうと》、日向《ひなた》ちゃんが通《かよ》う旭ケ丘中学校《あさひがおかちゅうがっこう》に行《い》くんだ。

私《わたし》の制服《せいふく》を着《き》て、黒髪《くろかみ》のウィッグをつけた、日向《ひなた》ちゃんの姿《すがた》で！

旭ケ丘中《あさひがおかちゅう》の制服《せいふく》を着《き》た日向《ひなた》ちゃんは、金髪《きんぱつ》のウィッグをつけてステラ学園《がくえん》に行《い》ってる。

今日《きょう》、私《わたし》たちは入《い》れ替《か》わって、お互《たが》いの学校《がっこう》に行《い》くことになったの。

どうしてって？　それはね……。

こっそり、日向《ひなた》ちゃんを応援《おうえん》するためなんだ！

「あっ！　ひか……じゃなくて、日向《ひなた》、見《み》て！」

おしゃべりしながら歩《ある》いていたら、突然《とつぜん》、あーちゃんが立《た》ち止《ど》まった。

駅《えき》の柱《はしら》についているデジタル広告画面《こうこくがめん》を見《み》て、目《め》をキラキラさせてる。

あれっ。このCM《シーエム》って……。

『女《おんな》の子《こ》は、恋《こい》と夢《ゆめ》でキラキラ輝《かがや》く。あなたを応援《おうえん》するキラキラコスメ♡　限定色《げんていしょく》、発売《はつばい》中《ちゅう》だよ♪』

リップを持《も》って、にっこり笑《わら》う女《おんな》の子《こ》。

実《じつ》はこれ、私《わたし》なんだ。私《わたし》、アイドルなの！

「はぁ〜〜。いつ見《み》てもかわいい〜。光莉《ひかり》のこのCM《シーエム》、大好《だいす》きなんだ！」

「ふふっ。ありがとう。」

小《ちい》さな声《こえ》でお礼《れい》を言《い》って、またいっしょに歩《ある》きはじめる。

「光莉《ひかり》！」

「うん？」

聞《き》き覚《おぼ》えのある男《おとこ》の子《こ》の声《こえ》に呼《よ》ばれて、思《おも》わず振《ふ》り向《む》くと。

「光莉《ひかり》って呼《よ》ばれて振《ふ》り向《む》いたらダメじゃん。今日《きょう》は『日向《ひなた》』なんだから。」

いたずらっぽい顔《かお》で笑《わら》っていたのは、陸《りく》！

「そうだった！　ていうか、陸《りく》だ〜！　おはよ〜！」

「おはよう。」

陸《りく》は、小《ちい》さな町《まち》で暮《く》らしていたころに、同《おな》じ幼稚園《ようちえん》だった幼《おさな》なじみ。

年長《ねんちょう》さんのときに海外《かいがい》に引《ひ》っ越《こ》しちゃって、私《わたし》と日向《ひなた》ちゃんは、さみしくてわんわん泣《な》いたなぁ。

私《わたし》たちも、小学校入学《しょうがっこうにゅうがく》のタイミングで東京《とうきょう》に引《ひ》っ越《こ》したから、陸《りく》とはそれきりだった。

でもね、去年《きょねん》の夏休《なつやす》み前《まえ》に帰国《きこく》した陸《りく》は、偶然《ぐうぜん》、旭ヶ丘中《あさひがおかちゅう》で日向《ひなた》ちゃんとクラスメイトになったんだ。

（ふふっ。陸《りく》は変《か》わらないなぁ〜。お人形《にんぎょう》さんみたいにキュートだ〜。ナツさんが陸《りく》のことを知《し》ったら、熱烈《ねつれつ》にスカウトしそう〜。）

陸《りく》は、「へぇ〜。」って言《い》いながら、私《わたし》の顔《かお》をじーっと見《み》た。

「日向《ひなた》にそっくりだけど、中身《なかみ》は光莉《ひかり》だね。学校《がっこう》に着《つ》いたら、しっかり日向《ひなた》のフリするんだよ？」

「もっちろん！」

「あははっ。テンション高《たか》い日向《ひなた》って感《かん》じだけど、だいじょうぶかな。」

テンション高《たか》いかなぁ？

たしかに日向《ひなた》ちゃんはもっと落《お》ち着《つ》いてるし、控《ひか》えめでやさしくてしっかり者《もの》だよね。

よし、日向《ひなた》ちゃんになりきるぞ！

ひそかに気合《きあい》を入《い》れていると、あーちゃんがドヤ顔《がお》で口《くち》を開《ひら》いた。

「だいじょうぶだよ、陸《りく》。光莉《ひかり》は演技《えんぎ》もすごいんだから。ちゃんと日向《ひなた》になれるって。」

「そうだよね。まぁ、なんかあったら、俺《おれ》とあーちゃんが助《たす》けてあげるよ。」

パチンとウインクした陸《りく》は、相変《あいか》わらず小悪魔《こあくま》だけど頼《たの》もしい。

日向《ひなた》ちゃんの親友《しんゆう》のあーちゃんと、幼《おさな》なじみの陸《りく》。

ふたりは、私《わたし》と日向《ひなた》ちゃんが双子《ふたご》の姉妹《しまい》ってことと、私《わたし》がアイドルってことを知《し》ってる数少《かずすく》ない人《ひと》。

日向《ひなた》ちゃんは、私《わたし》たちが今日《きょう》だけ入《い》れ替《か》わることを話《はな》して、ふたりにフォローを頼《たの》んだみたい。

中身《なかみ》が私《わたし》だってみんなにバレないように、助《たす》けてくれるんだって。ありがたいよ～。

日向《ひなた》ちゃんにこんなステキな友《とも》だちがいることが、自分《じぶん》のことのようにうれしいな。

「あっ！　あれ！」

駅前《えきまえ》のスクランブル交差点《こうさてん》を渡《わた》り終《お》えると、あーちゃんが突然《とつぜん》振《ふ》り向《む》いた。

ビルの大型《おおがた》ビジョンを見上《みあ》げて、また目《め》を輝《かがや》かせてる。

『エストレラプロダクション、ガールズグループオーディション！　三次《じ》は歌唱審査《かしょうしんさ》です。ぜひご覧《らん》ください。』

あ〜〜。これ、今話題《いまわだい》のオーディション番組《ばんぐみ》のCM《シーエム》だ〜。

画面越《がめんご》しにほほ笑《え》んでいるのは、超人気《ちょうにんき》アイドルの『成瀬壱弥《なるせいちや》』。

あーちゃんだけじゃなく、たくさんの人《ひと》が足《あし》を止《と》めて見上《みあ》げてる。

(相変《あいか》わらず、壱弥《いちや》の王子様《おうじさま》スマイルはすごいなぁ〜。)

壱弥《いちや》と私《わたし》は、ステラ学園《がくえん》の芸能《げいのう》コース『一年特A《ねんとくエー》クラス』のクラスメイトなの。

ちなみに、アイドルデビューは、壱弥《いちや》のほうが半年《はんとし》くらい早《はや》い。

私《わたし》と諒《りょう》くんが、カレカノになる前《まえ》から、私《わたし》たち三人《にん》は仲良《なかよ》しなんだ。

……といっても、最初《さいしょ》は険悪《けんあく》だったんだけどね。

いろいろあって、いつのまにか、諒《りょう》くんと壱弥《いちや》は親友《しんゆう》になってた。

そのお話《はなし》は、また今度《こんど》ね！

「あぁ～～。朝《あさ》から壱弥《いちや》のご尊顔《そんがん》を拝《おが》めるなんて、幸《しあわ》せの極《きわ》み～。眼福《がんぷく》～。今日一日《きょういちにち》がんばれるよ～～～。」

「よかったね、あーちゃん。ていうか、前《まえ》から思《おも》ってたんだけど、成瀬壱弥《なるせいちや》のこの笑顔《えがお》……な～んか、うさんくさいんだよね～。」

「ちょっと陸《りく》!? なに言《い》っちゃってるの!? 全世界《ぜんせかい》の壱弥《いちや》ファンを敵《てき》にまわす気《き》!?」

「それは怖《こわ》いな。ごめんごめん、口《くち》を慎《つつし》みま～す。」

あーちゃんと陸《りく》の会話《かいわ》を横《よこ》で聞《き》いてた私《わたし》は、心《こころ》の中《なか》でニヤッとしちゃった。

陸《りく》はすごいなぁ。

幼稚園《ようちえん》のころからするどい子《こ》だったけど、さらに磨《みが》きがかかってる。

私《わたし》と諒《りょう》くんと日向《ひなた》ちゃんだけの秘密《ひみつ》なんだけど、キラッキラな壱弥《いちや》のこの笑顔《えがお》、実《じつ》は作《つく》りものなんだよ～！

本性《ほんしょう》はクールでちょっぴり意地悪《いじわる》。

壱弥《いちや》がやさしいのも、デレるのも、日向《ひなた》ちゃんの前《まえ》だけ。

日向《ひなた》ちゃんの話題《わだい》になると、ほんのちょっと顔《かお》がゆるむんだ〜。

本人《ほんにん》は自覚《じかく》がないみたいなんだけどね。

(ふふふ。壱弥《いちや》ったら、かわいいよね〜。)

でもね、壱弥《いちや》は昔《むかし》から私《わたし》に塩対応《しおたいおう》なの。

うっかり「壱弥《いちや》、かわいい〜。」なんて言《い》おうものなら、「はぁ？ 今《いま》なんて言《い》った？」って、怒《おこ》られるに決《き》まってる！

あ、でも……。日向《ひなた》ちゃんに「かわいい。」って言《い》われたらどんな反応《はんのう》するんだろう？

「かわいいってなんだよ……。」

とか言《い》いつつも、まんざらでもないような顔《かお》でちょっと照《て》れるんじゃないかな!?

(ふふっ。そんな壱弥《いちや》、見《み》てみた〜い！)

日向《ひなた》ちゃんと壱弥《いちや》は、絶対《ぜったい》に両想《りょうおも》いだと思《おも》うんだ。

でも、日向《ひなた》ちゃんは「つきあってない。」って言《い》い張《は》るし、壱弥《いちや》にははぐらかされる。

そんなふたりは今《いま》、会《あ》わない約束《やくそく》をしてるの。

壱弥《いちや》が特別審査員《とくべつしんさいん》をしているこのオーディション番組《ばんぐみ》に、日向《ひなた》ちゃんが出《で》てるんだ。

審査員《しんさいん》と参加者《さんかしゃ》っていう立場上《たちばじょう》、熱愛報道《ねつあいほうどう》なんてされちゃったら大変《たいへん》！

『がんばる日向《ひなた》のために、オーディションが終《お》わるまでは、会《あ》わないし連絡《れんらく》もしない。』

……ってことみたい。

まっすぐで誠実《せいじつ》な、壱弥《いちや》と日向《ひなた》ちゃんらしいよね。

毎日《まいにち》だって会《あ》いたいはずなのに、えらいな～って思《おも》う。

私《わたし》と諒《りょう》くんは、そんなふたりの焦《じ》れ焦《じ》れな恋模様《こいもよう》を、ニヤニヤ……じゃなくて、ニコニコしながらあたたかく見守《みまも》ってるんだ。


しばらく歩《ある》いて校門《こうもん》が見《み》えてきたころ、ピコン！　と私《わたし》のスマホが鳴《な》った。

諒《りょう》くんからのメッセージだ！

【諒《りょう》：日向《ひなた》ちゃんと合流《ごうりゅう》して、調理室《ちょうりしつ》に着《つ》いたよ～】

わ～。よかったよかった。

お母《かあ》さんや警備《けいび》の人《ひと》に怪《あや》しまれずに、セキュリティが厳《きび》しいステラ学園《がくえん》に入《はい》れたみたい。

【光莉《ひかり》：第《だい》一関門突破《かんもんとっぱ》だね♡】

メッセージに返信《へんしん》して、ふーっと息《いき》をつく。

ステラ学園《がくえん》一年特《ねんとく》A《エー》クラスの、今日《きょう》の授業《じゅぎょう》は調理実習《ちょうりじっしゅう》！

不器用《ぶきよう》すぎて、包丁《ほうちょう》なんて握《にぎ》ったことがない私《わたし》。

ケガをしちゃいそうだから、家庭科《かていか》が得意《とくい》な日向《ひなた》ちゃんに入《い》れ替《か》わりをお願《ねが》いしたの。

……というのは表向《おもてむ》きの理由《りゆう》。

この入《い》れ替《か》わりは、私《わたし》と諒《りょう》くんの愛《あい》がつまった計画《けいかく》なのだ！

オーディションの歌唱審査《かしょうしんさ》のために練習《れんしゅう》をがんばってる日向《ひなた》ちゃんが、最近《さいきん》すごく落《お》ちこんでる。

頼《たよ》れるお姉様《ねえさま》の私《わたし》がいるのに、ちっとも相談《そうだん》してくれないの。くすん。

日向《ひなた》ちゃんが笑顔《えがお》になるなら、なんだってしたいのになぁ。

そこで、諒《りょう》くんに相談《そうだん》したんだ。

「ねぇ諒《りょう》くん。壱弥《いちや》なら、なんとかできるかな？」

「うーん。光莉《ひかり》にも相談《そうだん》できない悩《なや》みなら、壱弥《いちや》にしか解決《かいけつ》できないかもね。」

「うぅ〜。そっか〜。じゃあ、壱弥《いちや》にお願《ねが》いしようかな。」

「でも、ふたりは会《あ》わないいって約束《やくそく》してるからな〜。光莉《ひかり》や俺《おれ》から頼《たの》んでも、壱弥《いちや》は絶対《ぜったい》に突《つ》っぱねるよ。本当《ほんとう》は日向《ひなた》ちゃんを元気《げんき》づけたいって、人一倍思《ひといちばいおも》ってるくせに。」

「そうだよね。素直《すなお》じゃないからなぁ〜壱弥《いちや》は。」

「とはいえ、会《あ》ってしまえば、壱弥《いちや》は絶対《ぜったい》に日向《ひなた》ちゃんを放《ほう》っておかないよ。毎日会《まいにちあ》いたいって思《おも》ってるだろうし、そろそろがまんの限界《げんかい》だろうしね。」

「たしかに……。私《わたし》も、毎日諒《まいにちりょう》くんに会《あ》いたいもん。一日会《にちあ》えなかっただけで元気《げんき》なくなっちゃう。連絡《れんらく》もできないなんて、寝《ね》こんじゃうよ〜。」

「ううっ。光莉《ひかり》〜〜！　俺《おれ》もだよ〜〜！　俺《おれ》も、毎日光莉《まいにちひかり》に会《あ》いたい！」

「ふふふ♡　諒《りょう》くん、大好《だいす》き♡」

「俺《おれ》も大好《だいす》きだよ、光莉《ひかり》♡」

「「ぎゅ〜〜〜〜♡♡」」

……とまぁ、そんなこんなで、諒《りょう》くんにも協力《きょうりょく》してもらって、大作戦《だいさくせん》を決行中《けっこうちゅう》なんだ。

題《だい》して――。

日向《ひなた》ちゃんと壱弥《いちや》をうっかり会《あ》わせるサプライズ大作戦《だいさくせん》！

会《あ》わない約束《やくそく》をしてるまじめで誠実《せいじつ》なふたりを、どうやって会《あ》わせるか。
それはもう、「偶然会《ぐうぜんあ》っちゃうしかないよね～。」ってことになったの。
超売《ちょうう》れっ子《こ》で忙《いそが》しい壱弥《いちや》。調理実習《ちょうりじっしゅう》に来《こ》られるといいんだけど……。
そして、私《わたし》と入《い》れ替《か》わった日向《ひなた》ちゃんだって気《き》づいてくれますように。
(もし気《き》がつかなかったら、日向《ひなた》ちゃんとの交際《こうさい》を認《みと》めませんから～！)
この計画《けいかく》が成功《せいこう》しますように！　そして、日向《ひなた》ちゃんが元気《げんき》になりますように！
心《こころ》の中《なか》で祈《いの》っていたら、旭ヶ丘中《あさひがおかちゅう》の昇降口《しょうこうぐち》に着《つ》いた。
「日向《ひなた》の靴箱《くつばこ》はここだよ。」
「ありがとう。」
あーちゃんにこそっと教《おし》えてもらって、上履《うわば》きに履《は》き替《か》える。
よし、私《わたし》はしっかり日向《ひなた》ちゃんを演《えん》じよう。
ついでに……。せっかくだから、旭ヶ丘中《あさひがおかちゅう》を満喫《まんきつ》しようっと。

02 日向《ひなた》ちゃんの日常《にちじょう》

（うわぁ～。ここが日向《ひなた》ちゃんの教室《きょうしつ》か～！）

学校祭《がっこうさい》のときはたこ焼《や》き屋《や》さんになっていたから、普段《ふだん》の教室《きょうしつ》を見《み》るのは初《はじ》めて！

黒板《こくばん》も、椅子《いす》と机《つくえ》も、教室《きょうしつ》の広《ひろ》さも、ステラ学園《がくえん》とはちがう。

（ドラマのセットみたい～～！）

私《わたし》の通《かよ》うステラ学園《がくえん》の芸能《げいのう》コースは芸能人《げいのうじん》ばかりだし、一般《いっぱん》クラスもあるけど御曹司《おんぞうし》やお嬢様《じょうさま》が多《おお》い。

そのせいか、宮殿《きゅうでん》みたいで学校《がっこう》っぽくないいんだ。

（これが『普通《ふつう》』の中学校《ちゅうがっこう》なんだね！）

すごいすごい！　わくわくするよ～！

「ごほん。日向《ひなた》、顔《かお》に気《き》をつけて。あと、キラキラ出《で》てる。」

「へっ？」

陸《りく》に言《い》われて、ハッとする。

やばやばっ！　思《おも》いっきり目《め》が輝《かがや》いちゃってたみたい！

落《お》ち着《つ》いていて、しっかり者《もの》で、とびきりかわいい日向《ひな た》ちゃんになりきらなきゃ。

（私《わたし》は日向《ひなた》ちゃん。日向《ひなた》ちゃん、日向《ひなた》ちゃん〜〜〜！）

自分《じぶん》に言《い》い聞《き》かせて演技《えんぎ》スイッチを入《い》れていたら、ガラッと教室《きょうしつ》のドアが開《あ》いて、
ちょっとハデな子《こ》が入《はい》ってきた。

「みんな、おはよう。ごきげんよう〜〜〜。」

あっ。学校一《がっこういち》の美女《びじょ》、奈子《なこ》ちゃんだ。

諒《りょう》くんと壱弥《いちや》といっしょに、変装《へんそう》してここの学校祭《がっこうさい》に来《き》たときに、ちょこっとだけ奈子《なこ》ちゃんに会《あ》ったんだ。

そのときにね、「『旭ヶ丘中《あさひがおかちゅう》の光莉《ひかり》』こと私《わたし》が、この学校一《がっこういち》の美女《びじょ》なんだから！」って言《い》ってたんだよね。

ハーフツインの髪型《かみがた》も同《おな》じだし、私《わたし》のことを応援《おうえん》してくれてるみたい。

ぼんやり見《み》ていたら、あーちゃんは、さりげなく私《わたし》を隠《かく》すように前《まえ》に出《で》た。

「おはよう、奈子《なこ》。今日《きょう》はいちだんとくちびるがテカってるね。」

「もうっ！　亜澄《あすみ》はいつも失礼《しつれい》ねっ！　天《てん》ぷらは食《た》べてないわよっ！」

「もしかして、そのリップ……。」

「そうよっ！　光莉《ひかり》がCM《シーエム》してるキラキラリップの限定色《げんていしょく》を手《て》に入《い》れたのよ〜。いいでしょ〜。」

わ〜。限定色《げんていしょく》、さっそく買《か》ってくれたんだね。うれしいな。

「キラキラしててかわいいね。似合《にあ》ってるよ！」

思《おも》わず言《い》ってしまったら、あーちゃんと陸《りく》の眉《まゆ》がピクッと動《うご》いた。

(はわわ。やっちゃった。)

日向《ひなた》ちゃんはこういうとき、きっとほほ笑《え》むだけだよね。

でも、奈子《なこ》ちゃんにバッチリ聞《き》こえちゃったみたい。

「あら、日向《ひなた》。いっつもぼんやりしてるあんたも、私《わたし》の魅力《みりょく》にようやく気《き》づいたのね。」

「ぼんやり……？」

え……。待《ま》って？　今《いま》、日向《ひなた》ちゃんのことを悪《わる》く言《い》った……？

(聞《き》き捨《ず》てならないなぁ。)

こめかみの血管《けっかん》が、ピシッと音《おと》を立《た》てる。

私《わたし》のことは誰《だれ》になにを言《い》われても平気《へいき》なんだけど、日向《ひなた》ちゃんのことを悪《わる》く言《い》われるのは、絶対《ぜったい》に絶対《ぜったい》に許《ゆる》せないいんだ!

「マズい。光莉《ひかり》、幼稚園《ようちえん》のときに、日向《ひなた》の悪口《わるくち》を言《い》った子《こ》にブチギレたんだよね……。」

「あー……。察《さっ》し。私《わたし》にまかせて。」

陸《りく》にこそっと耳打《みみう》ちされたあーちゃんが、奈子《なこ》ちゃんの前《まえ》に立《た》ちはだかった。

「で、うれしすぎて塗《ぬ》りたくってきた、と。」

「普通《ふつう》に塗《ぬ》ったわよっ! でも、あまりにもかわいい色《いろ》だから、鏡《かがみ》を見《み》るたびにまた塗《ぬ》りたくなってしまって……。うっとり。」

「だからさ、塗《ぬ》りすぎなんだって。」

うっとりしてる奈子《なこ》ちゃんと、あきれてるあーちゃん。

ふたりを見《み》ていたら、不思議《ふしぎ》と怒《いか》りがおさまっていった。

(うーん。あーちゃんと奈子《なこ》ちゃんは仲良《なかよ》しなの? 仲《なか》が悪《わる》いの?)

キョトンとしていると、陸《りく》がふふっと笑《わら》った。

「気《き》にしないで。毎朝恒例《まいあさこうれい》のコントみたいなものだから。」

「なぁんだ、コントか～！　毎朝楽《まいあさたの》しくていいね。」

奈子《なこ》ちゃんとあーちゃんは、芸人《げいにん》さんを目指《めざ》してるのかな。

うん。なかなかいいコンビだと思《おも》う！

「まぁ、あんたたちは、もったいなくてひと塗《ぬ》りしかできないでしょうけど～。どう？

光莉《ひかり》みたいにキラキラしてるでしょ～？」

奈子《なこ》ちゃんはそう言《い》い残《のこ》して、周《まわ》りの女子《じょし》たちにリップを見《み》せに行《い》った。

みんな、きゃーきゃー言《い》って楽《たの》しそう！

あーちゃんが、申《もう》し訳《わけ》なさそうに私《わたし》に言《い》った。

「ごめんね。奈子《なこ》は悪《わる》い子《こ》じゃないんだけど……。光莉《ひかり》の大《だい》ファンすぎて、たまに暴走《ぼうそう》するっていうか……。」

「そうなんだね～。」

「ああ見《み》えて、日向《ひなた》のオーディションをすごく応援《おうえん》してるんだよ。まぁ、そういうキャラってことで、気《き》にしないでね。」

「うん！　わかったよ。」

陸《りく》も、うんうんってうなずいてる。奈子《なこ》ちゃんは悪《わる》い子《こ》じゃないみたい。

(でも、日向《ひなた》ちゃんに意地悪《いじわる》してないかなぁ？)

心配《しんぱい》になって、さりげなく奈子《なこ》ちゃんを観察《かんさつ》してみる。

担任《たんにん》の先生《せんせい》が来《き》て、ホームルームが終《お》わり、一時間目《じかんめ》の授業《じゅぎょう》も終《お》わるころには、奈子《なこ》ちゃんのことがなんとなくわかってきた。

高飛車《たかびしゃ》だから誤解《ごかい》されがちだけど、本当《ほんとう》はまっすぐでいい子《こ》だってこと。

(自分《じぶん》に素直《すなお》な子《こ》なんだね。)

意地悪《いじわる》を言《い》うこともあるけど、私《わたし》は奈子《なこ》ちゃんのこと、嫌《きら》いじゃないよ。

芸能界《げいのうかい》やステラ学園《がくえん》には、わかりやすくイヤな子《こ》はいくらでもいる。

でも、本当《ほんとう》に怖《こわ》いのは、笑顔《えがお》で近《ちか》づいてくる子《こ》たちだから。

心《こころ》の中《なか》にナイフを隠《かく》して、まるで友《とも》だちのようにふるまうの。

仲間《なかま》や友《とも》だちを『踏《ふ》み台《だい》』としか思《おも》ってない。

そういう人《ひと》たちは、笑顔《えがお》の裏《うら》に野心《やしん》を隠《かく》すのがすごくうまいんだ。

日向《ひなた》ちゃんは、とってもやさしいし、言《い》いたいことを飲《の》みこんじゃうところがあるから、心配《しんぱい》だった。意地悪《いじわる》されてないかな、イヤな思《おも》いしてないかなって。

でも、今日《きょう》ここに来《き》て、日向《ひなた》ちゃんにはとってもステキな友《とも》だちがたくさんいるってわかったよ！

別々《べつべつ》の学校《がっこう》に行《い》くことを選《えら》んだ小学校《しょうがっこう》のときから……。

ううん。幼稚園《ようちえん》のころから、日向《ひなた》ちゃんは友《とも》だちに恵《めぐ》まれてる。

それって、日向《ひなた》ちゃんがいい子《こ》だからだよね。

安心《あんしん》した私《わたし》は、日向《ひなた》ちゃんとしての学校生活《がっこうせいかつ》を思《おも》いっきり楽《たの》しむことにした。


あっというまに授業《じゅぎょう》が進《すす》んで、楽《たの》しみにしていた給食《きゅうしょく》の時間《じかん》！

ステラ学園《がくえん》では、特《とく》A《エー》クラス専用《せんよう》の食堂《しょくどう》で食《た》べるんだけど、旭《あさひ》ヶ《が》丘中《おかちゅう》は教室《きょうしつ》で食《た》べるみたい。


「「いただきま～す！」」

机《つくえ》をくっつけて、あーちゃんと陸《りく》といっしょに食《た》べたよ。

みんなでわいわい食《た》べる給食《きゅうしょく》は、とってもおいしかった〜。

お昼休《ひるやす》みになると、廊下《ろうか》には陸《りく》を見《み》に来《く》る女子《じょし》がたくさん！

幼稚園《ようちえん》のころからモテモテだった陸《りく》は、旭ヶ丘中《あさひがおかちゅう》でもモテモテみたい。

陸《りく》がにっこり笑《わら》うと、キャーキャー黄色《きいろ》い声《こえ》が響《ひび》く。

（この人気《にんき》っぷり、壱弥《いちや》みたい！）

キラキラしてるから、アイドルに向《む》いてると思《おも》うな。

大勢《おおぜい》の女子《じょし》のハートを鷲《わし》づかみできそうだけど……。

（陸《りく》は、たったひとり、日向《ひなた》ちゃんのハートがほしいんだろうなぁ。）

日向《ひなた》ちゃんはまったく気《き》づいてないんだろうけど。

幼稚園《ようちえん》のときから、日向《ひなた》ちゃんは自分《じぶん》に向《む》けられる好意《こうい》にはとことん鈍《にぶ》いんだ。そういうところもまた、かわいいんだけどね。

（さてさて。日向《ひなた》ちゃんは今《いま》ごろ、調理実習《ちょうりじっしゅう》で作《つく》った料理《りょうり》をみんなで食《た》べてるのかな？）

調理実習《ちょうりじっしゅう》が終《お》わったら、もう下校《げこう》する時間《じかん》になっちゃう。

ステラ学園《がくえん》にいるうちに、日向《ひなた》ちゃんが壱弥《いちや》とふたりっきりになれますように〜！

(諒《りょう》くん、頼《たの》んだよ〜〜。)

こうやって入《い》れ替《か》わることしかできなくて、もどかしいなぁ。

私《わたし》が、日向《ひなた》ちゃんの悩《なや》みをズバッと解決《かいけつ》してあげられればいいのに。

二次《じ》のダンス審査《しんさ》のときは、私《わたし》に悩《なや》みを打《う》ち明《あ》けてくれたんだけどね。

『ねえ。光莉《ひかり》はどうしてアイドルになったの？』

日向《ひなた》ちゃんにそんな質問《しつもん》をされた。

(そういえば、私《わたし》もアイドルデビューするときは、いろいろあったかも。)

あのとき、私《わたし》を助《たす》けてくれたのは、諒《りょう》くんだった。

私《わたし》がアイドルをやろう！ って決《き》めたきっかけも、諒《りょう》くんなの。

『光莉《ひかり》の笑顔《えがお》を見《み》てたら、不思議《ふしぎ》と元気《げんき》になる。アイドル向《む》いてるよ。』

その言葉《ことば》は、今《いま》も私《わたし》の宝物《たからもの》で原動力《げんどうりょく》なんだ。

(すべての始《はじ》まりは、テレビ出演《しゅつえん》だったんだよね。)

教室《きょうしつ》の窓《まど》から校庭《こうてい》をながめながら、私《わたし》はあのころの記憶《きおく》をたどりはじめた。

03 初《はじ》めてのテレビ出演《しゅつえん》

それは、小学校《しょうがっこう》五年生《ねんせい》になったばかりのころ。

お母《かあ》さんといっしょに、所属《しょぞく》してる芸能事務所《げいのうじむしょ》『ギャラクシー』に行《い》くと、社長《しゃちょう》の日下部《くさかべ》さんと、マネージャーのナツさんがにこにこしていた。

「光莉《ひかり》！　テレビ出演《しゅつえん》が決《き》まったよ！　やったね！　すごいよ〜〜！」

「テレビ……？」

お母《かあ》さんと社長《しゃちょう》さんとナツさんが、うれしそうに拍手《はくしゅ》をしてるけど……。

（テレビに出《で》るって、すごいことなのかな。）

私《わたし》はキョトンとしてしまった。


幼稚園《ようちえん》のときに、なにげなく始《はじ》めたキッズモデルのお仕事《しごと》。

かわいい服《ふく》を着《き》て撮影《さつえい》するのも、かわいいポーズを考《かんが》えるのも、とっても楽《たの》しいんだ。

雑誌《ざっし》に載《の》ったら、お母《かあ》さんも日向《ひなた》ちゃんも、すごくよろこんでくれる。

それがうれしくて、日々《ひび》、かわいいポーズや表情《ひょうじょう》を研究《けんきゅう》してるの。

気《き》がついたら、モデル歴《れき》六年《ねん》になってた。

マネージャーのナツさんが大好《だいす》きだし、キッズモデルの友《とも》だちもたくさんできた。

特《とく》に目標《もくひょう》も野望《やぼう》もないんだけど、毎日《まいにち》がとっても楽《たの》しくて充実《じゅうじつ》してるんだ。

そんな中《なか》、急《きゅう》に降《ふ》ってきたテレビ出演《しゅつえん》の話《はなし》。

なんだかわからないけど、すごいことみたい。

「私《わたし》、テレビに出《で》るんだ……。」

ポカンとしてる私《わたし》に、ナツさんが大《おお》きくうなずいた。

「そうだよ～。おめでとう、光莉《ひかり》！」

「ありがとう……。」

テレビに出《で》ることが、どうして「おめでとう。」なんだろう？

やっぱりナゾだけど、よろこんでるみんなを見《み》ていたら私《わたし》までうれしくなってきた。

「やったー！」

とりあえずよろこんでみたら、お母《かあ》さんもナツさんもうれしそうに笑《わら》った。

（ふんふん。なるほど。私《わたし》がうれしいと、お母《かあ》さんとナツさんも、うれしいみたい。）

私《わたし》も、ふたりが笑顔《えがお》だと、とってもうれしい。

ハッピーがぐるぐると巡《めぐ》るこの感《かん》じが、私《わたし》は大好《だいす》きなんだ。

（よーし、みんなをもっともっと笑顔《えがお》にするぞー！）

そんなことを思《おも》っていたら、社長《しゃちょう》さんが上機嫌《じょうきげん》で説明《せつめい》を始《はじ》めた。

「夕方《ゆうがた》の情報番組《じょうほうばんぐみ》で、人気《にんき》キッズモデル特集《とくしゅう》をやることになってね。うちの事務所《じむしょ》から、諒《りょう》と光莉《ひかり》とエマに出《で》てもらうことになったんだよ。」

わぁ〜！　ふたりといっしょにお仕事《しごと》できるんだ！

（それはうれしいな〜。）

ふたりは同《おな》じ五年生《ねんせい》で、ステラ学園初等部《がくえんしょとうぶ》の芸能《げいのう》コースのクラスメイト。

諒《りょう》くんは、いつもみんなのことを気《き》にかけてくれる、やさしい人《ひと》。

エマちゃんは、自分《じぶん》の気持《きも》ちをまっすぐ相手《あいて》に伝《つた》えられる、かっこいい子《こ》なんだ。

私《わたし》たち三人《にん》は、事務所《じむしょ》に入《はい》ったのが同《おな》じ時期《じき》で、とっても仲良《なかよ》しなんだよ〜。

「諒《りょう》くんとエマちゃんも、いっしょに出《で》るんですね〜。」

「そうだよ。生放送《なまほうそう》だから緊張《きんちょう》するかもしれないけれど、諒《りょう》がフォローするから安心《あんしん》していい。光莉《ひかり》はニコニコ笑《わら》っていればいいから。」

「ニコニコ笑《わら》っていればいい……？」

うーん。社長《しゃちょう》さんはそう言《い》うけれど……。

（ニコニコ笑《わら》うって、簡単《かんたん》なことじゃないんだけどな。）

お洋服《ようふく》のステキなデザインを活《い》かすポーズとか、一番《いちばん》かわいく見《み》える角度《かくど》とか、光《ひかり》のあたり方《かた》とか、背景《はいけい》とのバランスとか、いろいろ考《かんが》えながら笑《わら》ってるんだけどなぁ。

ほかのモデルの子《こ》はどう考《かんが》えてるかわからないけど、私《わたし》はお仕事中《しごとちゅう》の自分《じぶん》のことを、マネキンだと思《おも》ってるの。

なんていうか……。私《わたし》は服《ふく》を引《ひ》き立《た》たせるためのお人形《にんぎょう》。

私《わたし》の笑顔《えがお》やポーズは、服《ふく》を見《み》てもらうためのものって思《おも》って、お仕事《しごと》してるんだ。

だから、私《わたし》は服《ふく》と一体《いったい》になって、服《ふく》が一番《いちばん》ステキに見《み》えるように考《かんが》えながら、カメラの前《まえ》でポーズを取《と》ったり表情《ひょうじょう》を作《つく》ったりするの。

そんなふうに、私《わたし》なりにいろいろ考《かんが》えてるんだけど……。

（まぁ、いいか。）

社長《しゃちょう》さんに言《い》われたとおり、ニコニコ笑《わら》って「わかりました〜。」って言《い》った。

家《いえ》に帰《かえ》ると、真《ま》っ先《さき》に日向《ひなた》ちゃんに報告《ほうこく》をした。

「日向《ひなた》ちゃん！　私《わたし》、お友《とも》だちとテレビに出《で》ることになったんだ〜！」

「ええ〜！　テレビ⁉　すごいよ光莉《ひかり》！」

ふふっ。日向《ひなた》ちゃんならそう言《い》ってくれるって思《おも》ってたよ。

日向《ひなた》ちゃんは、いつもコツコツ勉強《べんきょう》をがんばる努力家《どりょくか》で、やさしくて、思《おも》いやりがあって、まっすぐで、とってもいい子《こ》。

どんなときも私《わたし》の味方《みかた》でいてくれるし、私《わたし》がうれしいときには、私以上《わたしいじょう》によろこんでくれるの。

学校《がっこう》やお仕事現場《しごとげんば》や事務所《じむしょ》でかけられるような、うわべだけのお世辞《せじ》やその場《ば》しのぎの励《はげ》ましなんて、日向《ひなた》ちゃんは絶対《ぜったい》に言《い》わない。

だから、日向《ひなた》ちゃんの言葉《ことば》はまっすぐに私《わたし》の心《こころ》に届《とど》いて、たくさんパワーをくれる。

お仕事《しごと》や事務所《じむしょ》のみんなも好《す》きだけど、日向《ひなた》ちゃんとお母《かあ》さんと暮《く》らすこの家《いえ》が、私《わたし》は大大大好《だいだいだいす》きなんだ！

04 諒《りょう》くんのおかげ

数日後《すうじつご》、いよいよテレビの収録日《しゅうろくび》がやってきた。

諒《りょう》くんとエマちゃんといっしょに、とびきりかわいいお洋服《ようふく》でスタジオに入《はい》る。

(わぁ～。照明《しょうめい》がギラギラしてる。テレビカメラもスタッフさんもいっぱい……。)

テレビで見《み》るアナウンサーさんやタレントさんがすぐ近《ちか》くにいて、まるで別世界《べっせかい》。

初《はじ》めて入《はい》ったテレビ局《きょく》のスタジオに、わくわくが止《と》まらない！

「すごいね～！　みんなキラキラしてるよ～。」

「……う、うん。」

あれれ。エマちゃんの顔《かお》がこわばってる。

(緊張《きんちょう》してるのかな？)

どうしたら、エマちゃんがいつものように笑《わら》ってくれるかなって考《かんが》えていたら。

「光莉《ひかり》、初《はじ》めてのテレビ出演《しゅつえん》なのによく笑《わら》ってられるね。緊張《きんちょう》しないの？」

「ええっと～。」

緊張《きんちょう》よりわくわくしてるんだけど、なんて言《い》ったらいいんだろう。

言葉《ことば》を探《さが》していたら、エマちゃんは不機嫌《ふきげん》な顔《かお》で私《わたし》をにらんだ。

「お仕事《しごと》なんだから、へらへらしないほうがいいよ。」

「あ、うん……。」

そっか。私《わたし》の笑顔《えがお》は、へらへらしてるように見《み》えちゃうんだ……。

（ちょっとショック。）

だけど、テレビにうつる前《まえ》に気《き》づかせてもらえてよかった。

エマちゃんに感謝《かんしゃ》だよ。

「教《おし》えてくれてありがとう。気《き》をつけるよっ！」

あっ。また笑顔《えがお》になっちゃった。難《むずか》しいな。どんな顔《かお》をしたらいいんだろう。

えへへってごまかしたら、エマちゃんのイライラが爆発《ばくはつ》しちゃったみたい。

「集中《しゅうちゅう》したいから、ひとりにして。」

そう言《い》って、スタジオの隅《すみ》に行《い》っちゃった。

あれれ。だいじょうぶかな。本番前《ほんばんまえ》でナーバスになってるのかも。

キョトンとしていたら、諒《りょう》くんがやってきた。

「光莉《ひかり》、お疲《つか》れさま。もうすぐ本番《ほんばん》だね。」

「うん！　楽《たの》しみだね。」

諒《りょう》くんのやさしい笑顔《えがお》にホッとして、つい私《わたし》も笑顔《えがお》になっちゃった。

あっ。いけない。

へらへらしてるって思《おも》われないようにしなくちゃ。

(でも、どんな顔《かお》をしたらいいんだろう……。)

社長《しゃちょう》さんには、ニコニコしてるように言《い》われてるし。

うーん。うう――――ん。

へらへらしてないニコニコな笑顔《えがお》を練習《れんしゅう》したいけど、ここには鏡《かがみ》がないし、もうすぐ本《ほん》番《ばん》だしなぁ……。

(ナツさ～ん。どうしたらいい～？)

ナツさんはスタッフさんと打《う》ち合《あ》わせをしていて、私《わたし》のＳＯＳ《エスオーエス》に気《き》がついてない。

どうしよう～って困《こま》っていたら、諒《りょう》くんが私《わたし》の顔《かお》をのぞきこんだ。

「光莉《ひかり》、だいじょうぶ？　緊張《きんちょう》してるの？」

「えっ。あ、うーんと……。」

緊張《きんちょう》してるわけじゃないんだけど、いつもと変《か》わらない諒《りょう》くんのやさしい声《こえ》にじーんとして、言葉《ことば》につまっちゃった。

諒《りょう》くんは、私《わたし》を励《はげ》ますように、くしゃっと笑《わら》った。

「緊張《きんちょう》しちゃうよね。俺《おれ》もだよ。」

「諒《りょう》くんも緊張《きんちょう》するの？」

「うん。でも、今日《きょう》は光莉《ひかり》とエマもいっしょだから、楽《たの》しめそうだよ。」

わぁ～。なんだか、諒《りょう》くんがキラキラ輝《かがや》い

て見《み》える。

諒《りょう》くんって、学校《がっこう》でも仕事場《しごとば》でも、いつもさりげなくやさしい。

目立《めだ》つタイプではなくて、どっちかというと、もじもじしててかわいいタイプ。

そう！　子犬《こいぬ》みたいな！

でもね、今日《きょう》の諒《りょう》くんは、すごく頼《たよ》りになるお兄《にい》さんみたい。

(諒《りょう》くん……だよね？)

なんだか不思議《ふしぎ》で、じ――っと見《み》つめていたら。

「だいじょうぶだよ、光莉《ひかり》。スマイルスマイル～！」

おどけた諒《りょう》くんが、私《わたし》を元気《げんき》づけようとしてくれる。

そのやさしさがとってもうれしくて、思《おも》わず心《こころ》の声《こえ》が出《で》ちゃった。

「でも、笑《わら》っていいのかな？　私《わたし》、へらへらしてるように見《み》えちゃうから……。」

「えっ。それ、誰《だれ》かに言《い》われたの？　絶対《ぜったい》そんなことないよ！」

「そうかな？」

「そうだよ！　もし誰《だれ》かに言《い》われたんだとしたら、それはただの嫉妬《しっと》。光莉《ひかり》の笑顔《えがお》が最高《さいこう》にかわいいから嫉妬《しっと》してるだけだよ。」

「最高《さいこう》にかわいい……？」

「へっ？」

諒《りょう》くんは一瞬《いっしゅん》だけキョトンとして、すぐにあわててブンブンと手《て》を振《ふ》った。

「ち、ちがっ。ちがう。いや、光莉《ひかり》の笑顔《えがお》が最高《さいこう》にかわいいのは本当《ほんとう》だけど、別《べつ》に下心《したごころ》はないっていうか、その、ええっと……。」

諒《りょう》くんったら、真《ま》っ赤《か》になってる。

「ふふふっ。ありがとう。励《はげ》ましてくれて。」

「と、とにかく！　誰《だれ》になんて言《い》われたかわかんないけど、そんなの気《き》にしなくていいからね。光莉《ひかり》は光莉《ひかり》らしく、そのままでいいんだから。カメラの前《まえ》でも、いつもの笑顔《えがお》を見《み》せてよ。」

「うん！　もうだいじょうぶそう。ありがとう、諒《りょう》くん！」

「ふー……。よかった。がんばろっか。」

「うん！」

「あれっ。エマは？　あ、あんな隅《すみ》っこで台本《だいほん》読《よ》んでる。エマも緊張《きんちょう》してるのかな。ちょっと行《い》ってくる！」

エマちゃんに声《こえ》をかけに行《い》った諒《りょう》くんの背中《せなか》を、ジーッと見《み》つめる。
諒《りょう》くんってすごいな。みんなのことをちゃんと見《み》ていて、フォローしてくれる。
（ありがとう、諒《りょう》くん。元気満タン《げんきまん》になったし、いつもの笑顔《えがお》でがんばれそうだよ！）

そのあとの本番《ほんばん》は、とってもスムーズに進《すす》んだ。
諒《りょう》くんのおかげで、初《はじ》めてのテレビ出演《しゅつえん》はバッチリだったよ。
ニコニコ笑顔《えがお》でいられたし、落《お》ち着《つ》いて司会者《しかいしゃ》さんの質問《しつもん》に答《こた》えられたんだ。
すっごく楽《たの》しくて、いい思《おも》い出《で》になった。
（励《はげ》ましてくれた、諒《りょう》くんのおかげだよ。）
諒《りょう》くんっていい人《ひと》だな〜って、あらためて思《おも》った。

05 向《む》けられた悪意《あくい》

生放送《なまほうそう》が終《お》わって家《いえ》に帰《かえ》ると、日向《ひなた》ちゃんが部屋《へや》から飛《と》び出《だ》してきた。

「光莉《ひかり》！　テレビ見《み》たよ！」

わぁ〜。ピカピカの笑顔《えがお》がうれしいな。

「見《み》てくれてありがとう、日向《ひなた》ちゃん♡」

「光莉《ひかり》、たくさんうつってたよ！　すっごくかわいかったし、キラキラしてた！」

「よかった〜〜。」

ふふふ。そういう日向《ひなた》ちゃんも、目《め》がキラキラ輝《かがや》いてるよ。

家族《かぞく》やナツさんや応援《おうえん》してくれてる子《こ》たちが、私《わたし》を見《み》てこんなふうに目《め》をキラキラさせてくれると、とってもうれしいんだ。

がんばってよかった〜って思《おも》うし、またキラキラさせられるようにがんばろうって励《はげ》みになるの。

大切《たいせつ》な人《ひと》たちの瞳《ひとみ》の輝《かがや》きが、私《わたし》の元気《げんき》の源《みなもと》なんだ！

「光莉《ひかり》、SNS《エスエヌエス》で話題《わだい》になってるよ。見《み》て。」

「どれどれ～？」

日向《ひなた》ちゃんは、買《か》ってもらったばかりのスマホの画面《がめん》を見《み》せてくれた。

【夕方《ゆうがた》の情報番組《じょうほうばんぐみ》の人気《にんき》キッズモデル特集《とくしゅう》、かわいい子《こ》がいた！】【光莉《ひかり》って子《こ》、かわいかった～】【いつも買《か》ってる雑誌《ざっし》のキッズモデルちゃんがテレビに出《で》てた！】【テレビで見《み》た気《き》になる子《こ》、子《こ》ども向《む》けファッション雑誌《ざっし》の専属《せんぞく》モデルだった】【ストピチの光莉《ひかり》ちゃんが動《うご》いてて感動《かんどう》した～】【光莉《ひかり》、ニコニコ笑顔《えがお》でかわいかった。ずっと大好《だいす》き！】

わわわ～！　みんなやさしい～！

私《わたし》が専属《せんぞく》モデルをしてる雑誌《ざっし》『ストロベリー☆ピーチ』を読《よ》んでる人《ひと》も、テレビを見《み》てくれたんだね～。うれしいな～。

「すごい反響《はんきょう》だね。さすがテレビ！」

日向《ひなた》ちゃんの言葉《ことば》で、ピンときた。

（あ、そうか。だから『おめでとう。』だったんだ。）

テレビ出演《しゅつえん》が決《き》まったときに、ナツさんや社長《しゃちょう》さんがすごくよろこんでいた理由《りゆう》が、今《いま》ようやくわかったよ。

テレビに出《で》るとすごく反響《はんきょう》が大《おお》きいし、たくさんの人《ひと》に見《み》てもらえる。

雑誌《ざっし》で私《わたし》のことを知《し》ってる人《ひと》だけじゃなくて、知《し》らない人《ひと》にも楽《たの》しんでもらえるんだ。

「すごいな〜。テレビって！」

「テレビに出《で》て、こんなに話題《わだい》になる光莉《ひかり》がすごいんだよ。」

「えへへ。ありがとう。」

日向《ひなた》ちゃんにほめてもらえると、とってもうれしいな。

私《わたし》も自分《じぶん》のスマホを出《だ》して、ＳＮＳ《エスエヌエス》を見《み》る。

ふいに目《め》に留《と》まった投稿《とうこう》に、私《わたし》は首《くび》をひねった。

【なんか、オイシイところぜんぶ持《も》っていかれた感《かん》じ。へらへらしてるくせに、ひとりだけ注目《ちゅうもく》されてズルすぎ。私《わたし》にはなにもメリットがなかった。がんばったのに、いい迷惑《めいわく》】

あれ……？　これ、エマちゃんのアカウントだよね？

マネージャーさんがチェックしてるお仕事用《しごとよう》のＳＮＳ《エスエヌエス》じゃなくて、事務所《じむしょ》に内緒《ないしょ》でお母《かあ》さんに作《つく》ってもらったって言《い》ってた、プライベート用《よう》のアカウント。

(これって、どういう意味《いみ》だろう?)

遠回《とおまわ》しすぎてわかんないけど、エマちゃんは怒《おこ》ってるみたい。

うーん。もしかして、私《わたし》のことかな……。

「日向《ひなた》ちゃん、これってどういう意味《いみ》だと思《おも》う?　私《わたし》のことかな?」

こういうときは、日向《ひなた》ちゃんに聞《き》こう!

スマホの画面《がめん》を見《み》せると、日向《ひなた》ちゃんはじーっと投稿《とうこう》を読《よ》んだ。

「ん?　……えっ。これってもしかして、今日《きょう》いっしょに出《で》てたモデルのお友《とも》だち?」

「うん。エマちゃんのプライベート用《よう》のアカウントなんだ。」

「………」

あれれ?　日向《ひなた》ちゃんが黙《だま》りこんじゃった。

どうしたんだろう。私《わたし》、日向《ひなた》ちゃんも怒《おこ》らせちゃった?

「日向《ひなた》ちゃん?」

顔《かお》をのぞきこむと、日向《ひなた》ちゃんはぎゅっと眉《まゆ》を寄《よ》せて私《わたし》を見《み》た。

「光莉《ひかり》、こんなの、ぜんっぜん気《き》にしなくていいよ！」

「えっ？」

「この子《こ》は、自分《じぶん》があまりテレビにうつらなかったのは光莉《ひかり》のせいって思《おも》ってるみたい。

そんなの光莉《ひかり》のせいじゃないのに。ひどいよ。こんなふうに書《か》くなんて！」

「日向《ひなた》ちゃん……。」

私《わたし》って、ちょっと鈍感《どんかん》みたい。人《ひと》の悪意《あくい》や意地悪《いじわる》に気《き》づかないことがほとんど。

でも、日向《ひなた》ちゃんはいつも、私《わたし》の代《か》わりに怒《おこ》ってくれる。

私《わたし》が落《お》ちこむ前《まえ》に、もやもやする感情《かんじょう》をぜんぶ吸《す》い取《と》ってくれるんだ。

だから、私《わたし》はいつも笑《わら》っていられるの。

「ふふっ。ありがとう、日向《ひなた》ちゃん。」

「も〜。よく笑《わら》ってられるね。こんなひどいことされて。」

「もういいんだ〜。日向《ひなた》ちゃんのおかげだよ。」

「光莉《ひかり》がいいならいいけど……。なんかイヤなことがあったら、私《わたし》でよかったらなんでも言《い》ってね？」

「わかったよ～。日向《ひなた》ちゃん、だ～い好《す》き♡」

「うわわっ。あぶないっ。も～～。急《きゅう》に抱《だ》きつかないでよ～～。」

「ごめんごめん～。うふふ～～。」

ぎゅーって抱《だ》きついて、パワー充電《じゅうでん》っ！

うん！　明日《あした》もがんばれそう！


次《つぎ》の日《ひ》、ステラ学園《がくえん》に登校《とうこう》した私《わたし》は、昨日《きのう》のお礼《れい》が言《い》いたくて、諒《りょう》くんを探《さが》した。

テレビの生放送中《なまほうそうちゅう》、私《わたし》が笑顔《えがお》でいられたのは、諒《りょう》くんのおかげだから。

「あっ。いた！」

廊下《ろうか》を歩《ある》いてる諒《りょう》くんを発見《はっけん》！

でも、エマちゃんと楽《たの》しそうに話《はな》してる。

うーん。どうしようかな。ふたりの邪魔《じゃま》をしたら悪《わる》いよね。

昨日《きのう》のSNS《エスエヌエス》の投稿《とうこう》は、日向《ひなた》ちゃんのおかげでぜんぜん気《き》にしてないんだけど……。

考《かんが》えこんでいたら、私《わたし》に気《き》づいた諒《りょう》くんが手《て》を振《ふ》ってくれた。

「おはよう、光莉《ひかり》。昨日《きのう》は、初《はつ》テレビ生出演《なましゅつえん》、お疲《つか》れさま。」

「諒《りょう》くん、エマちゃん、おはよう。昨日《きのう》はお疲《つか》れさま～。楽《たの》しかったね！」

あれれ。エマちゃんに、すーっと目《め》をそらされちゃった。

「光莉《ひかり》、笑顔《えがお》がかわいいって評判《ひょうばん》だったね。すごい話題《わだい》になってて、事務所《じむしょ》にも問《と》い合《あ》わせが来《き》てるみたい。社長《しゃちょう》が上機嫌《じょうきげん》だったよ。」

「そうなんだ。よかった～。」

へらへらしてるって怒《おこ》られなくて、本当《ほんとう》によかったよ～。

でも、エマちゃんはバツの悪《わる》そうな顔《かお》をしてる。

うーん。これってどうしたらいい？

私《わたし》だけたくさんテレビにうつっちゃってごめんね。

なんて言《い》ったら、イヤミに聞《き》こえちゃうかな。

どうしたらエマちゃんが笑顔《えがお》になれるか、教《おし》えてもらえたらうれしいんだけどな。

ちょっぴり困《こま》っていたら、諒《りょう》くんがとびきりのニコニコ笑顔《えがお》で言《い》った。

「光莉《ひかり》の笑顔《えがお》を見《み》てたら、不思議《ふしぎ》と元気《げんき》になる。アイドル向《む》いてるよ。」

わ……。今《いま》、胸《むね》がどくんって鳴《な》った。

どうしてだろう？　諒《りょう》くんの言葉《ことば》が、すごくすごくうれしい。

(でも、私《わたし》がアイドルに向《む》いてる……？)

そんなこと、考《かんが》えたこともなかった！

「アイドルって、歌《うた》ったりおどったりする、あのアイドル？」

「うん！　そうだよ。」

「ふーん。アイドルか～～。」

昨日《きのう》、テレビ局《きょく》の廊下《ろうか》で、アイドルグループの人《ひと》たちとすれちがったんだ。

すごくキラキラしていて、かっこよかったの！

そんなふうに言《い》われたら、なんだかアイドルを意識《いしき》しちゃうよ。

「バッカみたい。」

「えっ。」

低《ひく》い声《こえ》に驚《おどろ》いて、エマちゃんを見《み》ると。

「アイドルって、なりたいからってなれるものじゃないじゃん。」

「まぁ、そうだけど……。あ、エマ！」

ポカンとしてる私《わたし》と、困《こま》った顔《かお》の諒《りょう》くんを残《のこ》して、エマちゃんは走《はし》っていってしまった。

「……たしかに、そうだよね。」

エマちゃんが言《い》ったことは間違《まちが》ってない。

キラキラ輝《かがや》くアイドルは、なりたいからってなれるわけじゃない。

うんうんうなずいていると、苦笑《にがわら》いをしていた諒《りょう》くんが、私《わたし》に向《む》き直《なお》った。

「光莉《ひかり》、アイドルに興味《きょうみ》ある？」

「へっ？」

諒《りょう》くんったら、突然《とつぜん》どうしちゃったんだろう。

（そういえば……。）

今《いま》まで何度《なんど》か、ナツさんにも同《おな》じことを聞《き》かれたような……。

そのときは、モデルのお仕事《しごと》が最高《さいこう》に楽《たの》しくて、アイドルに興味《きょうみ》はなかったんだけど。
（アイドルかぁ……。）
アイドルになったら、たくさんテレビに出《で》られるのかな。
大《おお》きな会場《かいじょう》で、コンサートもできる？
そうしたら、もっともっとたくさんの人《ひと》の目《め》を輝《かがや》かせることができるかも！
（わぁ……。アイドルってすごい！）
なんだか心《こころ》の中《なか》がキラキラして、胸《むね》が熱《あつ》くなってきた。
「うん。アイドルに、ちょっと興味《きょうみ》が出《で》てきた！」
「へぇ～。そっか。わかったよ。」
諒《りょう》くんは、「ふんふん。」と、何度《なんど》もうなずいていた。
妙《みょう》にうれしそうだけど、どうしたんだろう？

06 アイドルレッスン？

数日後《すうじつご》、学校帰《がっこうがえ》りに事務所《じむしょ》に行《い》ったら、ビュン！　とナツさんが飛《と》んできた。

「光莉《ひかり》、アイドルに興味《きょうみ》あるんだって？」

「えっ？」

この前《まえ》の諒《りょう》くんと同《おな》じ質問《しつもん》だけど、すごい偶然《ぐうぜん》だなぁ。

不思議《ふしぎ》に思《おも》いながら、私《わたし》はこくんとうなずいた。

「うん。アイドルに興味《きょうみ》、あるかも。」

「な〜んだ。興味《きょうみ》あるなら早《はや》く言《い》ってよ〜。よし、アイドルデビューしよう！」

「へっ⁉」

アイドルって、なりたいからってすぐなれるものじゃないよね。

エマちゃんにも言《い》われたし、私《わたし》だってそう思《おも》う。

（それに、ナツさんはどうして私《わたし》がアイドルに興味《きょうみ》あるって知《し》ってるんだろう？）

不思議《ふしぎ》なことだらけで、頭《あたま》の中《なか》に「？」がいっぱい。

ナツさんは、キョトンとしてる私《わたし》の肩《かた》を、がしっとつかんだ。

「前《まえ》から、社長《しゃちょう》は光莉《ひかり》をアイドルデビューさせたいって言《い》ってたの。でも、光莉《ひかり》はモデルのお仕事《しごと》が好《す》きだし、アイドルに興味《きょうみ》ないって言《い》ってたから、断《ことわ》ってたんだよね。」

「そうだったんだ～。」

「でもね、この前《まえ》のテレビ出演《しゅつえん》で、光莉《ひかり》がかわいい～ってすっごく話題《わだい》になったから、社《しゃ》長《ちょう》が絶対《ぜったい》に絶対《ぜったい》にアイドルデビューさせる！　って意気《いき》ごんじゃって。どうにか光莉《ひかり》を説《せつ》得《とく》しろって言《い》われて、どうしたもんかな～って悩《なや》んでたのよ～～。もう～悩《なや》み損《ぞん》～～！

さっそくレッスン開始《かいし》しよう！」

「う、うん。わかった！」

ナツさんはうれしそうに飛《と》び跳《は》ねてる。

(急《きゅう》すぎてびっくりだけど、私《わたし》、アイドルになるみたい……。)

実感《じっかん》がわかなくてぼんやりしていたら、ふいに諒《りょう》くんの笑顔《えがお》が頭《あたま》の中《なか》に浮《う》かんできた。

『光莉《ひかり》の笑顔《えがお》を見《み》てたら、不思議《ふしぎ》と元気《げんき》になる。アイドル向《む》いてるよ。』

（アイドル向《む》いてる……かぁ。）

諒《りょう》くんの言葉《ことば》は、いつも私《わたし》の背中《せなか》を押《お》してくれる。なんだかやる気《き》が出《で》てきたよ！

家《いえ》に帰《かえ》って日向《ひなた》ちゃんに話《はな》したら、パァァって目《め》が輝《かがや》いた。

「ええっ！　アイドルになるの⁉　すごい！　光莉《ひかり》なら大人気《だいにんき》アイドルになれるよ！」

あれれ。意外《いがい》な反応《はんのう》だなぁ。

日向《ひなた》ちゃんって、アイドルとか芸能界《げいのうかい》にいっさい興味《きょうみ》がないのに。

なんだか興奮《こうふん》してるみたいだけど、どうしたんだろう？

小《ちい》さいころは、私《わたし》がお仕事《しごと》に出《で》かけるのを

イヤがっていた日向《ひなた》ちゃん。

こんなに応援《おうえん》してもらえて、すごくうれしいけど、ちょっと違和感《いわかん》。

「デビューまでの道《みち》のりはきっと厳《きび》しいよね。レッスンとか、いろいろあるのかな？」

しかもやけに食《く》いついてくるなぁ。

「あ、うん。そうなんだ〜。明日《あした》からアイドル研修生《けんしゅうせい》になるの。モデルのお仕事《しごと》を減《へ》らして、ダンスと歌《うた》のレッスンをするんだ。日向《ひなた》ちゃん、詳《くわ》しいね。」

「えっ。そ、そんなことないよ〜。アイドルなんて、ぜんぜん興味《きょうみ》ないし！」

「そうだよね〜。」

「でも、光莉《ひかり》のことは全力《ぜんりょく》で応援《おうえん》するからね！」

「うん。ありがとう。日向《ひなた》ちゃん、大好《だいす》き！」

日向《ひなた》ちゃんの目《め》が、落《お》ち着《つ》きなく泳《およ》いでるのが気《き》になるけど……。

（気《き》のせいだよね。）

よし、明日《あした》からレッスンがんばろう！

07 なんだか、うまくいかない

次《つぎ》の日《ひ》から、さっそく歌《うた》とダンスのレッスンが始《はじ》まった。

初心者《しょしんしゃ》の私《わたし》は、まずは個人《こじん》レッスンを二週間《しゅうかん》受《う》けることになったんだ。

そのあと、ほかのアイドル研修生《けんしゅうせい》たちのレッスンに合流《ごうりゅう》するの。

（よ～し、がんばるぞ～！）

気合《きあい》もやる気《き》も十分《じゅうぶん》！

バレエ、ジャズダンス、KPOP《ケーポップ》ダンス、ヒップホップ……。ダンスは覚《おぼ》えることがたくさんあって、どれも難《むずか》しいんだけど、と～っても楽《たの》しいんだ。

あこがれのバレエシューズとスカート付《つ》きのレオタードがうれしくて、バレエのレッスンは特《とく》に大好《だいす》き！　……なんだけど。

「うーん。光莉《ひかり》のバレエは、かわいいアヒルちゃんって感《かん》じ。」

「アヒルちゃん……？」

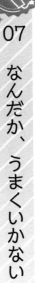

「もっと白鳥《はくちょう》みたいに、優雅《ゆうが》にのびやかに〜。ドタバタしない〜。軽《かろ》やかに〜。」

私《わたし》のバレエは優雅《ゆうが》な白鳥《はくちょう》じゃなく、アヒルダンスみたい。むむむ。

ヒップホップはかっこよくて大好《だいす》き！　……なんだけど。

「光莉《ひかり》、もう一回《いっかい》スネークやってみて。蛇《へび》みたいに体《からだ》を波打《なみう》たせるんだよ。」

「はい！　こうですか？」

「うーん……。このくらいの高《たか》さのバーを、頭《あたま》からくぐるようにするんだよ。で、少《すこ》しずつ体重《たいじゅう》を移動《いどう》して……。あははっ。それじゃ、甲羅《こうら》から顔《かお》を出《だ》してる亀《かめ》だよ。」

「亀《かめ》……！」

あれれ？　おかしいな。

とってもかっこよくおどれたはずなんだけど、亀《かめ》っぽくなってたみたい！

(もしかして私《わたし》、センスない……？)

ついに七日目《なのかめ》のレッスンを見学《けんがく》したマネージャーのナツさんが、重《おも》い口《くち》を開《ひら》いた。

「先生《せんせい》たちからね、光莉《ひかり》のバレエはアヒルだし、ヒップホップは亀《かめ》だって聞《き》いて……。まさかそこまでじゃないでしょ〜って、様子《ようす》を見《み》に来《き》たんだけど……。」

「どうだった？」

「アヒルだったし亀《かめ》だったわ！」

「がーん！」

やっぱり私《わたし》、ダンスが壊滅的《かいめつてき》に下手《へた》みたい！

ちょっぴりショックを受《う》けていると、ナツさんが真剣《しんけん》な顔《かお》で言《い》った。

「最初《さいしょ》はみんな初心者《しょしんしゃ》だから、気《き》にすることないよ。人《ひと》には苦手《にがて》なことと得意《とくい》なことがあるんだし。でも、光莉《ひかり》が本当《ほんとう》にアイドルになりたいなら、ほかの子《こ》の三倍《ばい》くらい努力《どりょく》が必要《ひつよう》かも。」

「三倍《ばい》かぁ……。」

（そのくらいがんばれってことだよね。）

すごく大変《たいへん》だけど、ここで立《た》ち止《ど》まってなんていられないんだ。

個人《こじん》レッスンとモデルのお仕事《しごと》の割合《わりあい》は、半分《はんぶん》ずつくらい。

ナツさんが完璧《かんぺき》なスケジュールを組《く》んでくれて、お母《かあ》さんがあちこちの撮影現場《さつえいげんば》とレッスン会場《かいじょう》に送迎《そうげい》してくれる。

学校《がっこう》もあるから毎日《まいにち》がバタバタ。

でもね、ヘトヘトなのは私《わたし》だけじゃない。

お母《かあ》さんは、私《わたし》の送迎《そうげい》をしながら、家事《かじ》もしてくれてる。

日向《ひなた》ちゃんは、ご飯《はん》を食《た》べながら寝落《ねお》ちしちゃった私《わたし》を、ちゃんとベッドに寝《ね》かせてくれたり、いつもひとりでお留守番《るすばん》をしてくれたりしてる。

相沢家《あいざわけ》が一丸《いちがん》となって、私《わたし》を応援《おうえん》してくれてるの。

だから、ここで落《お》ちこんでなんかいられない。

アイドルになって、お母《かあ》さんと日向《ひなた》ちゃんによろこんでもらいたいから！

「ナツさん、私《わたし》がんばるよ！」

「うん。応援《おうえん》してるよ。光莉《ひかり》ならできる！」

個人《こじん》レッスン期間《きかん》が終《お》わるまで、あと一週間《しゅうかん》。

アイドル研修生《けんしゅうせい》のレッスンに合流《ごうりゅう》するまで、もっともっとがんばろうって決意《けつい》した。

翌日《よくじつ》――。

今日《きょう》は朝《あさ》からお仕事《しごと》。

専属《せんぞく》モデルをしてる雑誌《ざっし》、『ストロベリー☆ピーチ』の撮影《さつえい》だよ。

エマちゃんもいるし、ほかの専属《せんぞく》モデルの子《こ》たちとも仲良《なかよ》しで、とっても楽《たの》しいお仕《し》事《ごと》。

……のはず、なんだけど。

「おはようございま～す！」

「おはよう、光莉《ひかり》。最初《さいしょ》の衣装《いしょう》はこれだよ。」

「は～い！」

あれれ？　私《わたし》のあいさつに返事《へんじ》をしてくれたのは、スタッフさんたちだけ。

「今日《きょう》は、みんなとおそろいの衣装《いしょう》なんだね～。かわいいね～！」

「「…………」」

専属《せんぞく》モデルの子《こ》たちに話《はな》しかけたら、すいーっと目《め》をそらされちゃった。

みんなの中心《ちゅうしん》にいるエマちゃんも、私《わたし》と目《め》を合《あ》わせてくれない。

(なんだか空気《くうき》が変《へん》だな～。)

今《いま》までは、現場《げんば》に行《い》ったらすぐにみんなが集《あつ》まってきて、おしゃべりしてたの。
(私《わたし》、なにかしちゃった？)
個人《こじん》レッスンは忙《いそが》しいけれど、撮影《さつえい》を休《やす》んだり遅刻《ちこく》したりはしてない。
モデルのみんなに迷惑《めいわく》をかけないように、気《き》をつけてるんだけどな。
エマちゃんは、テレビ出演《しゅつえん》の日《ひ》からずっと、私《わたし》を避《さ》けてるみたい。
今《いま》まで仲良《なかよ》しだったモデル仲間《なかま》も、急《きゅう》にそっけなくなっちゃった。
(ちょっとやりづらいけど、撮影《さつえい》はしっかりがんばらなきゃね。)
だって私《わたし》はマネキン。
どんなに空気《くうき》が変《へん》でも、たとえ落《お》ちこんでいたとしても、この服《ふく》を輝《かがや》かせるためなら、
私《わたし》はカメラの前《まえ》で最高《さいこう》の笑顔《えがお》になるし、モデル仲間《なかま》と仲良《なかよ》しポーズだってするよ。
このステキなお洋服《ようふく》の魅力《みりょく》を伝《つた》えるのが、私《わたし》の役割《やくわり》だから。

「今日《きょう》の撮影《さつえい》はこれで終了《しゅうりょう》です。お疲《つか》れさまでした！」
「「「お疲《つか》れさまでした〜！」」」

いつもどおり笑顔《えがお》で撮影《さつえい》を終《お》え、楽屋《がくや》で着替《きが》えていると。

エマちゃんを中心《ちゅうしん》に、みんながわいわいと楽《たの》しそうに帰《かえ》っていった。

「あれれ……。バイバイもできなかったよ。」

みんな、まるで私《わたし》が見《み》えていないみたい。

撮影《さつえい》スタッフさんたちは、今《いま》までどおりだったんだけどな。

ポツンとひとりで立《た》ちつくしていたら、お母《かあ》さんからお迎《むか》えの連絡《れんらく》が来《き》た。

(まぁ、いいか。そういう日《ひ》もあるよね。)

「私《わたし》も帰《かえ》ろっと。」

考《かんが》えこんでる時間《じかん》がもったいないよ。ダンスの練習《れんしゅう》、しなくちゃ！

気持《きも》ちを切《き》り替《か》えて、楽屋《がくや》から出《で》ようとしたそのときだった。

「今朝《けさ》の話《はなし》、本当《ほんとう》？　あの子《こ》がアイドルになるって。」

「モデルの仕事《しごと》の片手間《かたてま》にアイドルやるってこと？」

「逆《ぎゃく》だって。アイドルになったらモデルの仕事《しごと》はやめちゃうんじゃない？　アイドルになってテレビに出《で》たほうが、ちやほやされるじゃん～。」

「はぁ？　モデルを踏《ふ》み台《だい》にしてアイドルになるって、感《かん》じ悪《わる》すぎ。」

あれ……。この声《こえ》は……。

帰《かえ》ったはずのモデル仲間《なかま》たちの話《はな》し声《ごえ》が廊下《ろうか》から聞《き》こえてきて、思《おも》わず足《あし》を止《と》めた。

エマちゃんの声《こえ》も聞《き》こえる。

「それがさ、諒《りょう》くんがうちの事務所《じむしょ》の社長《しゃちょう》の息子《むすこ》だからって、あの子《こ》、媚《こ》びを売《う》ってたんだよ。」

「ええ〜〜。諒《りょう》くんに、アイドルになりたいって自分《じぶん》を売《う》りこんでたってこと？」

「そういうこと！　テレビに出《で》てちょっと話題《わだい》になったからって、勘違《かんちが》いしてるんだよ。」

うん？　これって私《わたし》のことだよね？　というか……。

(諒《りょう》くんって、事務所《じむしょ》の社長《しゃちょう》さんの息子《むすこ》だったの⁉)

ぜんぜん知《し》らなかったよ〜〜！

もしかしたら、諒《りょう》くんがナツさんに言《い》ってくれたのかな。

私《わたし》がアイドルに興味《きょうみ》があるって。

だから、トントン拍子《びょうし》に話《はなし》が進《すす》んだんだ……。納得《なっとく》。

でもでも、私《わたし》がアイドルになりたいって売《う》りこんだわけじゃないんだよ〜！

エマちゃんの話《はなし》にびっくりしすぎて、楽屋《がくや》から出《で》るタイミングを逃《のが》しちゃった。

そっか……。

みんなの様子《ようす》がおかしかった理由《りゆう》がわかったよ。

みんな、エマちゃんの話《はなし》を信《しん》じちゃってるんだね……。

アイドルになるためにレッスンをがんばってるのは本当《ほんとう》だけど、それ以外《いがい》はちがうんだけどな。

ちがうよ〜って言《い》ったら、信《しん》じてもらえるかな？

（う――ん。どうだろう……。）

エマちゃんは、どうしてそんなうそを言《い》いふらすんだろう？

きっと、なにか理由《りゆう》があるはずだよね？

迎《むか》えに来《き》てくれたお母《かあ》さんの車《くるま》に乗《の》ってる間《あいだ》、ずーっと考《かんが》えていたけれど、家《いえ》に帰《かえ》って日向《ひなた》ちゃんの顔《かお》を見《み》たら、悩《なや》みは吹《ふ》き飛《と》んだ。

（考《かんが》えたってわからないことは、いったん置《お》いておこうっと。）

次《つぎ》、また撮影《さつえい》で会《あ》ったときには、今《いま》までどおりに戻《もど》ってるかもしれないしね。

そんなふうに楽観的《らっかんてき》に考《かんが》えていたんだけど……。

このウワサは、モデル仲間《なかま》たちにとどまらず、思《おも》いもよらないところへと飛《と》び火《ひ》していたんだ。


「ねぇ、あんたなの？　モデルからアイドルに転身《てんしん》するって子《こ》は。」

「えっ。」

次《つぎ》の日《ひ》、事務所《じむしょ》に行《い》った私《わたし》は、うす暗《ぐら》い部屋《へや》で、先輩《せんぱい》アイドルたちに囲《かこ》まれていた。

「モデルが簡単《かんたん》にアイドルになれると思《おも》わないで。」

「あなた、歌《うた》えるの？　おどれるの？」

「アイドルになっても、人気《にんき》にならなきゃすぐ消《き》えるのよ？」

わわわっ。みんなすごく怖《こわ》い顔《かお》だけど……。

(私《わたし》のことを心配《しんぱい》してくれてるみたい！)

きっと、アイドルの世界《せかい》はすごく厳《きび》しいってことなんだ。

簡単《かんたん》にアイドルになれるなんて思《おも》わないで、歌《うた》もダンスももっとがんばって、大人気《だいにんき》アイドルを目指《めざ》してがんばれってことだよね？

（これはきっと、先輩《せんぱい》たちなりのエールなんだ！）

私《わたし》は先輩《せんぱい》たちの気持《きも》ちを受《う》け取《と》って、深々《ふかぶか》と頭《あたま》を下《さ》げた。

「はい！　ありがとうございます！　がんばります！」

あれ？　先輩《せんぱい》たちがポカンとしてる。

「…………は？」

「なにこの子《こ》〜。ちょっと抜《ぬ》けてるんじゃない？」

「あなた、私《わたし》たちに意地悪《いじわる》されてるのよ？　わかってる？」

「えっ！　激励《げきれい》ではなく……？」

「そんなわけないでしょ。ド天然《てんねん》なの？　悪口《わるくち》よ、悪口《わるくち》！」

「えええええ……。」

エールじゃなかった……！　意地悪《いじわる》だったなんて！

たしかに、こんな誰《だれ》もいないうす暗《ぐら》い部屋《へや》で、先輩《せんぱい》たち四人《にん》に囲《かこ》まれてるって……。

ドラマとかで見《み》る、意地悪《いじわる》されてる状況《じょうきょう》だ！

（まさか、こんなドラマみたいな体験《たいけん》をするなんて！　なんだか……すごい！）

ちょっぴり感動《かんどう》しちゃっていたら、先輩《せんぱい》たちの顔《かお》がどんどん引《ひ》きつっていった。

「あんた、だいじょうぶ……？」

「なに感動《かんどう》しちゃってるのよ。バカなの？」

「鈍感《どんかん》というか、図太《ずぶと》いというか……。意外《いがい》と大物《おおもの》になるかも。」

「そんなわけないでしょ。あ～あ。アホらしい。放《ほ》っておこ。」

ポカンとしている私《わたし》を置《お》いて、先輩《せんぱい》たちはドカドカと部屋《へや》から出《で》ていってしまった。

（意地悪《いじわる》だったのかもしれないけど、アイドルへの道《みち》は厳《きび》しいことも、アイドルになってからも大変《たいへん》だということも、きっと本当《ほんとう》のことだ。）

それに、私《わたし》……。たしかに、歌《うた》もダンスもぜんぜんできてない。

レッスンは楽《たの》しいし大好《だいす》きだけど、アイドルデビューするにはそれじゃやダメだよね。

ふと、この前《まえ》ナツさんに言《い》われた言葉《ことば》を思《おも》い出《だ》した。

『光莉《ひかり》が本当《ほんとう》にアイドルになりたいなら、ほかの子《こ》の三倍《ばい》くらい努力《どりょく》が必要《ひつよう》かも。』

決《き》めた！　本当《ほんとう》に三倍努力《ばいどりょく》しよう。

まだまだアヒルで亀《かめ》な私《わたし》だけど、三倍《ばい》がんばって、かっこよくおどりたい。

「よ～し、がんばるぞ～～！」

その日《ひ》から、私《わたし》はがむしゃらにダンスをがんばった。

朝《あさ》、早《はや》く起《お》きて部屋《へや》で自主練《じしゅれん》。

学校《がっこう》のお昼休《ひるやす》みも、仕事《しごと》の合間《あいま》も、家《いえ》に帰《かえ》ってからも、ひたすら練習《れんしゅう》した。

個人《こじん》レッスンの最終日《さいしゅうび》には、ダンスの先生《せんせい》たちにほめられたんだよ。

「うん。まだまだだけど、白鳥《はくちょう》になれてるわ。」

「スネークできるようになったじゃん！　亀《かめ》じゃなくてかっこいい蛇《へび》だよ。」

「やったー！　ありがとうございます！」

なんとかアヒルと亀《かめ》を卒業《そつぎょう》できたんだ！

08 アイドル研修《けんしゅう》！

個人《こじん》レッスン期間《きかん》が終《お》わり、私《わたし》は所属《しょぞく》している芸能事務所《げいのうじむしょ》『ギャラクシー』の、アイドル研修生《けんしゅうせい》クラスに入《はい》った。

アイドル研修生《けんしゅうせい》クラスには、男女《だんじょ》それぞれ二つのクラスがある。

デビューが決《き》まった人《ひと》たちのA《エー》クラスと、デビューに向《む》けてがんばるB《ビー》クラス。

私《わたし》はB《ビー》クラスに入《はい》ったよ。

今日《きょう》からここで、アイドル研修生《けんしゅうせい》のみんなといっしょにデビューを目指《めざ》してレッスンを受《う》けるんだ！

（わ〜。研修生《けんしゅうせい》ってたくさんいるんだ〜……。）

B《ビー》クラスにいる研修生《けんしゅうせい》は、私《わたし》を入《い》れて二十人《にん》。

小学《しょうがく》三年生《ねんせい》から中学《ちゅうがく》三年生《ねんせい》までが在籍《ざいせき》していて、年齢《ねんれい》も学校《がっこう》もバラバラ。

B《ビー》クラスに入《はい》って、五年目《ねんめ》の人《ひと》もいるみたい。

（B《ビー》クラスからA《エー》クラスに行《い》くには、けっこう時間《じかん》がかかるんだな……。）

何年《なんねん》かかるかわからないけれど、デビューを目指《めざ》してがんばろう！

そう気合《きあい》を入《い》れたけれど、思《おも》った以上《いじょう》に大変《たいへん》だった。

ダンスは、今《いま》までの個人《こじん》レッスンとはちがって、B《ビー》クラスのみんなと合《あ》わせておどったり、フォーメーションを覚《おぼ》えたり。

楽《たの》しいけれど、とっても難《むずか》しくて。

アイドル目指《めざ》してずっとがんばってきたみんなとの実力《じつりょく》の差《さ》は、三倍《ばい》の努力《どりょく》でもなかなかうまらなかった。

それにね……。

「光莉《ひかり》、まじめにやってよ。」

「ごめん……。」

みんなとおどるのが楽《たの》しくて、全開《ぜんかい》の笑顔《えがお》でおどってると、いつも注意《ちゅうい》されちゃうの。

へらへらしてるとか、なにも考《かんが》えてないって誤解《ごかい》されちゃうみたい。

（諒《りょう》くんは、私《わたし》の笑顔《えがお》をほめてくれて、アイドルに向《む》いてるって言《い》ってくれたけど……。

それはお世辞《せじ》で、みんなはエマちゃんみたく『へらへらしてる。』って思《おも》うのかも……。）

諒《りょう》くんはやさしいからなぁ……。

あれは、私《わたし》を元気《げんき》づけるために言《い》ったことだったのかもしれない。

とりあえず、笑顔《えがお》を封印《ふういん》してまじめな顔《かお》でレッスンを受《う》けることにした。

B《ビー》クラスに入《はい》って二週間後《しゅうかんご》、予想外《よそうがい》のことが起《お》こった。

レッスンが終《お》わって事務所《じむしょ》の廊下《ろうか》を歩《ある》いていたら、ナツさんが猛《もう》ダッシュでやってきたんだ。

「光莉《ひかり》！　アイドルデビューが決《き》まったよ！」

「ええっ！」

驚《おどろ》きすぎて、一瞬《いっしゅん》なにを言《い》ってるかわからなかった。

まさかのアイドルデビュー!?

私《わたし》、アイドル研修《けんしゅう》を始《はじ》めてからまだ一か月《げつ》も経《た》ってないよ？

「デビュー日《び》が決《き》まるまで、A《エー》クラスでレッスンを受《う》けて準備《じゅんび》するよ！」

「明日《あした》からA《エー》クラスなの？」

「そうだよ～。さすが光莉《ひかり》！　最短《さいたん》でA《エー》クラス入《い》りだね。」

「そうなんだ……。」

デビューが決《き》まってうれしいはずなのに、どうしてだろう。

なんだかもやもやするよ。

いつもみたいに、「まぁいいか～。」って流《なが》せないの。

（どうして私《わたし》なんだろう。）

A《エー》クラスに行《い》きたくて、何年《なんねん》もがんばってる子《こ》もいて……。

その子《こ》たちのほうが、ずっとずっと上手《じょうず》なのに。

私《わたし》は、B《ビー》クラスの誰《だれ》よりも、歌《うた》とダンスができていないのに。

（私《わたし》、デビューしてもいいのかな……。）

アイドル研修生《けんしゅうせい》になってから、一か月《げつ》たらずで決《き》まったデビューとA《エー》クラス入《い》り。

案《あん》の定《じょう》、祝福《しゅくふく》してくれる子《こ》はいなかった。

「いいよね、光莉《ひかり》は。かわいいから努力《どりょく》しなくてもデビューできて。」

「テレビで話題《わだい》になったから、社長《しゃちょう》のお気《き》に入《い》りだもんね。」

「ダンスも歌《うた》も下手《へた》なのに、顔《かお》のかわいさだけでデビューするってどうなの……。」

「ビジュしかいいとこないのにね。ズルいよ。私《わたし》たち、こんなにがんばってるのに。」

B《ビー》クラスの子《こ》たちから、そんな言葉《ことば》がちらほら聞《き》こえる。

(努力《どりょく》、してないわけじゃないんだけどな……。でも、たしかにまだまだデビューできる実力《じつりょく》じゃないよね……。)

さすがに戸惑《とまど》ってしまった私《わたし》は、ふたりきりになったときに思《おも》いきってナツさんに聞《き》いてみた。

「ナツさん、私《わたし》……、歌《うた》もダンスもまだまだなのに、デビューしちゃっていいのかな?」

「あー……。」

いつもはっきりした物言《ものい》いのナツさんが、言葉《ことば》を濁《にご》した。

きっと、ナツさんも思《おも》うところがあるんだろうな。

私《わたし》の気持《きも》ちを受《う》け止《と》めるように少《すこ》し考《かんが》えこんだあと、また口《くち》を開《ひら》いた。

「光莉《ひかり》には正直《しょうじき》に言《い》うね。社長《しゃちょう》はね、うちのアイドルは、歌《うた》やダンスが上手《じょうず》じゃなくてもいいって考《かんが》えなんだ。」

「えっ……。」

「あ、だからといって、光莉《ひかり》の歌《うた》やダンスが下手《へた》ってわけじゃないんだよ？　なんていうか、それよりもアイドル性《せい》っていうか……。輝《かがや》きを持《も》ってるかどうかが大事《だいじ》なんだ。」

「アイドル性《せい》……？　輝《かがや》き……？」

「うん。歌《うた》やダンスは努力《どりょく》すればある程度《ていど》は上手《じょうず》になれるけど、アイドル性《せい》や輝《かがや》きはセンスっていうか、才能《さいのう》っていうか、天性《てんせい》のもの……。持《も》って生《う》まれたものだから、がんばって身《み》につくものではないんだよね。光莉《ひかり》はそれを持《も》ってるんだよ。だから社長《しゃちょう》はデビューを決《き》めたの。」

「そうだったんだ……。」

「歌《うた》やダンスは、これから少《すこ》しずつ上手《じょうず》になっていけばいいよ。しばらくはバックダンサーにおどってもらおう！　光莉《ひかり》は、簡単《かんたん》なかわいい振《ふ》り付《つ》けをすればいいよ。歌《うた》は、音《おん》声入《せいい》りの楽曲《がっきょく》を流《なが》して、歌《うた》っているように見《み》せればだいじょうぶ！」

「うん……。そっか。そうだよね！」

ナツさんは、私《わたし》を元気《げんき》づけようとしてくれてる。

これ以上《いじょう》、心配《しんぱい》かけたくなくて、私《わたし》は笑顔《えがお》を向《む》けた。

「デビューさせてもらえるんだから、ありがたいことだよね。私《わたし》、がんばるよ！」

「光莉《ひかり》なら、絶対《ぜったい》にトップアイドルになれるよ！　私《わたし》もがんばるから。いっしょにてっぺん目指《めざ》そう！」

「うん！」

トップアイドル。てっぺん……。

ぜんぜん実感《じっかん》がなくて、ふわふわしてる。

（私《わたし》はどこに向《む》かってるんだろう。）

モデルのお仕事《しごと》は、ただただ楽《たの》しくて、わくわくした。

アイドル研修《けんしゅう》も、大変《たいへん》だけど楽《たの》しくてわくわくした。

（でも……。このもやもやはなんだろう。）

用意《ようい》された椅子《いす》に座《すわ》ったまま、猛《もう》スピードでどこかに連《つ》れていかれてる気分《きぶん》。

ナツさんを信《しん》じてるから、なにも怖《こわ》くはない。

（だけど、わくわくしないのは、なぜ？）

ナツさんの言葉《ことば》が、頭《あたま》の中《なか》をユラユラただよってる。

『光莉《ひかり》には正直《しょうじき》に言《い》うね。社長《しゃちょう》はね、うちのアイドルは、歌《うた》やダンスが上手《じょうず》じゃなくてもいいって考《かんが》えなんだ。』

それなら……。私《わたし》じゃなくて、Ｂ《ビー》クラスの中《なか》でも長《なが》い間《あいだ》がんばってる子《こ》を、先《さき》にデビューさせてあげたらいいんじゃないかな。

いっしょにがんばってるＢ《ビー》クラスのみんなが、不満《ふまん》に思《おも》うのはあたりまえだよ。

（どうして私《わたし》なんだろう。このままデビューしていいのかな。）

その疑問《ぎもん》は、ずっと心《こころ》の中《なか》でもやもやして消《き》えなかった。

09 ちょっぴり芽生《めば》えた気持《きも》ち

翌日《よくじつ》――。

芸能《げいのう》コース専用《せんよう》の食堂《しょくどう》でお昼《ひる》ご飯《はん》を食《た》べ終《お》えた私《わたし》は、テラス席《せき》に座《すわ》ったまま、ひとりでぼんやりしていた。

食後《しょくご》はいつも、クラスの女子《じょし》と食堂《しょくどう》でおしゃべりをしてた。

でも、私《わたし》がアイドル研修生《けんしゅうせい》になったころから、みんなはエマちゃんといっしょにすぐ教室《きょうしつ》に戻《もど》るようになったんだ。

ひとりでいるのは平気《へいき》。ぜんぜんさみしくなかったよ。

みんなでおしゃべりしてた時間《じかん》に練習《れんしゅう》したり、ダンスレッスンの動画《どうが》を見直《みなお》して、今日《きょう》のレッスンはここをもっとかっこよくしよう～ってイメトレしてたから。

だけど、今日《きょう》はそんな気分《きぶん》になれないの。

（今日《きょう》からA《エー》クラスか～……。）

デビューが決《き》まってうれしいはずなのに、わくわくしないし気《き》が重《おも》いんだ。

「光莉《ひかり》、どうしたの？」

「えっ。」

振《ふ》り向《む》くと、トレイを持《も》った諒《りょう》くんがやさしく笑《わら》っていた。

「なんか元気《げんき》ないな〜って思《おも》って。」

「そうかな〜……。」

諒《りょう》くんってすごい。なんでもお見通《みとお》しだ。

でも、自分《じぶん》でもよくわからないんだ。わくわくしない理由《りゆう》も、元気《げんき》が出《で》ない原因《げんいん》も。

ごちゃまぜの気持《きも》ちを隠《かく》して、私《わたし》は笑顔《えがお》を向《む》けた。

「心配《しんぱい》してくれてありがとう。だいじょうぶだよ〜。」

「それならよかった。あ、デビュー決定《けってい》おめでとう！」

「ありがとう！」

よくわからない状況《じょうきょう》でも、ニコニコしていればみんな笑顔《えがお》になってくれる。

いつもそうやってきた。

でも……、なぜか、ニコニコ笑顔《えがお》の諒《りょう》くんを見《み》てると胸《むね》がチクッと痛《いた》んだ。

諒《りょう》くんの「おめでとう。」に、心《こころ》から「ありがとう。」って言《い》えないことが引《ひ》っかかってるみたい。

(こんな気持《きも》ち、初《はじ》めてだよ……。)

諒《りょう》くんは、私《わたし》のとなりに座《すわ》って、持《も》っていたトレイをテーブルに置《お》いた。

わわっ！　トレイには大量《たいりょう》のおにぎり！

諒《りょう》くんって、小動物《しょうどうぶつ》っぽいのにたくさん食《た》べるんだなぁ。

「光莉《ひかり》、お腹《なか》すいてない？」

「お腹《なか》かぁ……。どうだろう。」

「あまり食《た》べてないみたいだったから。」

「あ、うん。あんまり食欲《しょくよく》がなくて。」

「A《エー》クラスのレッスン、ハードらしいよ。よかったらこれ食《た》べてパワー充電《じゅうでん》して。ちょっと買《か》いすぎちゃってさ〜。塩《しお》むすび、おいしいんだよ。ここの裏《うら》メニューなんだ。」

諒《りょう》くんは、両手《りょうて》におにぎりを持《も》って、おいしそうに食《た》べはじめた。

食欲《しょくよく》がなかったのは本当《ほんとう》で、お昼《ひる》ご飯《はん》はグリーンスムージーだけだったんだ。

（なんか、おいしそう……。）

パクパク食《た》べる諒《りょう》くんを見《み》てたら、急《きゅう》にお腹《なか》がすいてきちゃった！

「裏《うら》メニューなんてあるんだね。」

「ていうか、俺《おれ》がムリ言《い》って作《つく》ってもらっただけなんだけど。たまにすご〜く食《た》べたくなるんだよ。光莉《ひかり》もどうぞ。」

「じゃあ、一個《こ》もらうね。」

パクッと一口《ひとくち》食《た》べたら……。

「おいしい〜〜〜！」

「でしょ？　塩加減《しおかげん》がサイコーだよね！　どんどん食《た》べてよ。これぜんぶ俺《おれ》ひとりで食《た》べたら、さすがに五時間目《じかんめ》の授業《じゅぎょう》で爆睡《ばくすい》しちゃいそうだからさ。」

「ふふふ。お腹《なか》いっぱいになりすぎちゃうよね。じゃあ、いただきま〜す！」

なんだか元気《げんき》になってきたよ！

諒《りょう》くんにすすめられるまま、二個目《こめ》を口《くち》に運《はこ》んでいると。

「よかった。光莉《ひかり》が笑顔《えがお》になって。」

「……え？」

「どうしたら光莉《ひかり》が笑顔《えがお》になれるかな〜って思《おも》ってたんだ。おいしいものを食《た》べたら、少《すこ》しは元気《げんき》になるかなって。」

「諒《りょう》くん……。」

そっか。このおにぎりは、私《わたし》のためだったんだ。

買《か》いすぎちゃった、なんて……。やさしいな。

（諒《りょう》くんのやさしさって、ほんわかあったかいな。なんだか毛布《もうふ》みたい。）

ふわふわの毛布《もうふ》に包《つつ》まれたみたいにホッとするよ。

気《き》がついたら、心《こころ》の中《なか》のもやもやが吹《ふ》き飛《と》んでた。

「ありがとう！　すごくおいしかったよ。元気満《げんきまん》タン！」

「よかった。デビュー日《び》が決《き》まるまで、まだ大変《たいへん》だと思《おも》うけど、応援《おうえん》してるよ。」

諒《りょう》くんのエールが、心《こころ》の中《なか》に広《ひろ》がっていく。

（うん！　まだまだがんばれそう！）

諒《りょう》くんのおかげで復活《ふっかつ》できたよ！

「元気《げんき》がなくなったらおにぎり食《た》べることにする。諒《りょう》くん、本当《ほんとう》にありがとう。」

「どういたしまして。」

諒《りょう》くんに手《て》を振《ふ》って、教室《きょうしつ》に戻《もど》ろうと歩《ある》きだしたら……。

「光莉《ひかり》、ちょっと待《ま》って。」

「うん？」

「もしかして、足《あし》……ケガしてる？」

「えっ。」

言《い》いあてられて、びっくりした。

昨日《きのう》の夜《よる》、家《いえ》で自主練《じしゅれん》をしていて、左足《ひだりあし》の足首《あしくび》を軽《かる》くねんざしちゃったんだ。

「ちょっとだけひねっちゃって。でもだいじょうぶだよ！　歩《ある》けるし、おどれるから。」

「ねんざはくせになりやすいから、ムリしないでね。今日《きょう》のレッスン、休《やす》んだほうがいいと思《おも》うけど……。」

「ううん。今日《きょう》からA《エー》クラスだから、初日《しょにち》から休《やす》むわけにいかないよ。」

「光莉《ひかり》はそう言《い》うと思《おも》った。じゃあ、テーピングするから足出《あしだ》して。」

「え……。」

諒《りょう》くんは、カバンからテーピング用《よう》のテープを取《と》り出《だ》した。

「ほら、早《はや》く。授業《じゅぎょう》が始《はじ》まっちゃうよ。」

「あ、うん。じゃあ……お願《ねが》いします。」

どうしてテーピング用《よう》のテープなんて持《も》ってるんだろう……。

不思議《ふしぎ》に思《おも》いながら、おずおずと靴《くつ》と靴下《くつした》を脱《ぬ》いで足《あし》を出《だ》す。

「光莉《ひかり》はさ、ふわふわしてるように見《み》えて、実《じつ》はものすごい努力家《どりょくか》でプロ意識《いしき》が高《たか》いよね。そういうところ、尊敬《そんけい》してるよ。」

「……っ。」

諒《りょう》くんは、やさしい手《て》つきで私《わたし》の足《あし》にテープを巻《ま》きながら続《つづ》けた。

「楽観的《らっかんてき》で前向《まえむ》きで明《あか》るいから、誤解《ごかい》されることもあるかもしれないけど……。細《こま》かいことを気《き》にしないおおらかさも、光莉《ひかり》のいいところだと思《おも》う。」

「そんなこと言《い》われたの、初《はじ》めてだよ。」

「そうなの？　みんな、見《み》る目《め》がないなぁ。光莉《ひかり》は陰《かげ》で人一倍《ひといちばい》……いや、三倍《ばい》くらい努力《どりょく》してるの知《し》ってるよ。」

そこまで言《い》って、諒《りょう》くんはハッとした顔《かお》であわてて首《くび》をブンブン振《ふ》った。

「あっ。ちがうよ。ストーカーじゃないよ。柱《はしら》の陰《かげ》から光莉《ひかり》のこと、じーっと見《み》てたりしてないよ？　父《とう》さん……じゃなくて、社長《しゃちょう》から言《い》われてるんだ。ギャラクシーに所属《しょぞく》してるタレントさんをフォローすることも俺《おれ》の仕事《しごと》だって。だからこれも仕事《しごと》。ストーカーじゃないから安心《あんしん》してね！」

「ふふっ。」

あまりにも必死《ひっし》に否定《ひてい》するから、思《おも》わず笑《わら》っちゃった。

（モデルだけじゃなくて、お父《とう》さんの会社《かいしゃ》のお仕事《しごと》も手伝《てつだ》ってるなんてえらいなぁ。だからテーピング用《よう》のテープを持《も》ってたんだね。）

「諒《りょう》くんはすごいね。」

「そ、そうかな。えへへ。」

照《て》れたように笑《わら》った諒《りょう》くんが、やさしい声《こえ》で続《つづ》けた。

「だって、光莉《ひかり》のレッスンシューズは減《へ》りがすごく早《はや》いし、一度《いちど》言《い》われたことは、二度《にど》と注意《ちゅうい》されない。それって、レッスン後《ご》も自主練《じしゅれん》して復習《ふくしゅう》してるからだよね？　光莉《ひかり》はがんばってるよ。デビューが決《き》まったのも、その努力《どりょく》が実《み》を結《むす》んだからだよ。」

「……ありがとう、諒《りょう》くん。」

なんだか、じーんとしちゃったよ。

私《わたし》はダンスの振《ふ》り付《つ》けを覚《おぼ》えるのに時間《じかん》がかかるし、リズム感《かん》もイマイチ。みんなに追《お》いつくためには三倍《ばい》の努力《どりょく》が必要《ひつよう》……ってナツさんの言葉《ことば》は事実《じじつ》なの。

努力《どりょく》はあたりまえだと思《おも》ってるし、つらくはないんだ。

でも、ひとりぼっちの練習《れんしゅう》は、孤独《こどく》な戦《たたか》いだなぁって思《おも》うこともあった。

だから、ひそかな努力《どりょく》に気《き》づいてくれて、認《みと》めてくれて、応援《おうえん》してくれるなんて、うれしすぎて感動《かんどう》しちゃうよ。

(諒《りょう》くんって、すごいな。)

たった一言《ひとこと》でこんなに元気《げんき》にしてくれるなんて、魔法使《まほうつか》いみたい！

毛布《もうふ》のようにあったかくて魔法使《まほうつか》いみたいな諒《りょう》くんが、頼《たの》もしく見《み》える。

「ねぇ光莉《ひかり》。なにか困《こま》ってることとか、もやもやしてることがあったら、俺《おれ》でよかったら話《はな》してみて。解決《かいけつ》できるかはわからないけど、吐《は》き出《だ》したら楽《らく》になるんじゃないかな。」

「もやもや、かぁ……。」

諒《りょう》くんのやさしい声《こえ》を聞《き》いてたら、不思議《ふしぎ》と心《こころ》の奥《おく》からもやもやが出《で》てきた。

「私《わたし》、レッスンを受《う》けてみて、歌《うた》もダンスも好《す》きだなって思《おも》ったの。だから、デビューが決《き》まったのはすごくうれしい。でも……。」

ふと、ナツさんの言葉《ことば》を思《おも》い出《だ》した。

『歌《うた》やダンスは、これから少《すこ》しずつ上手《じょうず》になっていけばいいよ。しばらくはバックダンサーにおどってもらおう！　光莉《ひかり》は、簡単《かんたん》なかわいい振《ふ》り付《つ》けをすればいいよ。歌《うた》は、音《おん》声《せいい》入りの楽曲《がっきょく》を流《なが》して、歌《うた》っているように見《み》せればだいじょうぶ！』

そっか。私《わたし》がもやもやしてたのは、実力《じつりょく》がないのにアイドルデビューすることに抵抗《ていこう》があったからなんだ。

見《み》せかけのアイドルなのに、プロって言《い》えるのかな。みんなを笑顔《えがお》にできるのかな。

長《なが》い間《あいだ》、アイドルを夢見《ゆめみ》て努力《どりょく》してるB《ビー》クラスのみんなに、申《もう》し訳《わけ》ないよ。

そんな、うまく言葉《ことば》にできない気持《きも》ちがあったからなんだって気《き》づいた。

やさしい眼差《まなざ》しで私《わたし》の言葉《ことば》を待《ま》ってくれている諒《りょう》くんを見《み》たら、魔法《まほう》にかかったみたいに、するりと本音《ほんね》が出《で》てきた。

「私《わたし》ね、歌《うた》もダンスもまだまだなのに、デビューしちゃっていいのかなって、ちょっともやもやしてたの。」

諒《りょう》くんは、私《わたし》のもやもやを受《う》け止《と》めるようにうなずいた。

「誰《だれ》がなんと言《い》おうと、光莉《ひかり》の笑顔《えがお》は最高《さいこう》にキラキラしてる。光莉《ひかり》は、アイドル性《せい》があるんだよ。それって、足《あし》が速《はや》いとか、算数《さんすう》が得意《とくい》とかといっしょで、その人《ひと》の持《も》ち味《あじ》。それに光莉《ひかり》は自分《じぶん》と他人《たにん》を比《くら》べて優劣《ゆうれつ》をつけたりしない。嫉妬《しっと》したり陰口《かげぐち》も言《い》わない。見《み》た目《め》だけじゃなくて、内面《ないめん》から輝《かがや》いてる。だから、誰《だれ》になにを言《い》われても、光莉《ひかり》はアイドルになってキラキラな笑顔《えがお》を見《み》せてよ。」

「私《わたし》の、持《も》ち味《あじ》……。キラキラな笑顔《えがお》……？」

「うん。うらやんだりねたんだりする人《ひと》がいろいろ言《い》ってくるかもしれないけれど、そういうときは、『自分《じぶん》は』どうしたいかを考《かんが》えるといいんじゃないかな。」

「私《わたし》はどうしたいか……。」

そんなこと、考《かんが》えたことなかった！

いつも、みんなの笑顔《えがお》が見《み》たくてがんばってきたから……。

（私《わたし》はどうしたい？）

自分《じぶん》に問《と》いかけてみたら、答《こた》えはすぐに見《み》つかった。

「私《わたし》は……アイドルになりたい。みんなを笑顔《えがお》にしたい！」

これが私《わたし》の本心《ほんしん》なんだって、自分《じぶん》でも驚《おどろ》いちゃった。

今《いま》まで、お母《かあ》さんやナツさんがよろこんでくれるのがうれしくて、言《い》われたとおりになんでもやってきた。

すごく楽《たの》しかったけど、どこかふわふわしていて、自分《じぶん》の意志《いし》ではなかったように思《おも》う。

（でも……。私《わたし》、アイドルになりたいって思《おも》ってる。）

長《なが》いトンネルを抜《ぬ》けたみたいに、パァァっと目《め》の前《まえ》が開《ひら》けて、想《おも》いが一気《いっき》に噴《ふ》き出《だ》す。

「あのね、私《わたし》はダンスも歌《うた》もまだまだだから、簡単《かんたん》なかわいい振《ふ》り付《つ》けをすればいいって言《い》われたの。歌《うた》は、音声入《おんせいい》りの楽曲《がっきょく》を流《なが》して歌《うた》っているように見《み》せればだいじょうぶって。でもそれって、アイドルを目指《めざ》して何年《なんねん》もレッスンをがんばってるB《ビー》クラスのみんなに顔向《かおむ》けできないっていうか……。歌《うた》も、それって『口《くち》パク』ってことでしょ？ 応援《おうえん》してくれるみんなをだましてるみたいで申《もう》し訳《わけ》なくて……。」

一息《ひといき》で言《い》った私《わたし》のいきおいに、諒《りょう》くんは少《すこ》し驚《おどろ》いた顔《かお》をした。

すぐに、ふふっとやさしくほほ笑《え》む。

「簡単《かんたん》な振《ふ》り付《つ》けも口《くち》パクも、俺《おれ》はそんなに悪《わる》いことじゃないと思《おも》うな。」

「そうかなぁ。」

「簡単《かんたん》な振《ふ》り付《つ》けだと、ダンスが得意《とくい》な人《ひと》だけじゃなくて、小《ちい》さい子《こ》とか、ファンの子《こ》たちみんながマネできるんじゃない？ テレビの前《まえ》で光莉《ひかり》といっしょにおどれるのって、すごくうれしいと思《おも》うな。」

「……たしかにそうかも！」

「口《くち》パクはファンをだましてるってわけじゃないんじゃないかな。バカにする人《ひと》もいるかもしれないけど、俺《おれ》はパフォーマンスの一つだと思《おも》うよ。それに、口《くち》パクって言《い》ったら聞《き》こえが悪《わる》いけど、口《くち》の動《うご》きと音声《おんせい》が一致《いっち》するように演《えん》じるのにも練習《れんしゅう》が必要《ひつよう》で、『リップシンク』っていう立派《りっぱ》な技術《ぎじゅつ》なんだよ。」

「そうなんだ……！」

「いろんなアイドルがいていいんじゃないかな。歌《うた》やダンスで魅了《みりょう》するアイドル。親《した》しみやすさや身近《みぢか》に感《かん》じられるアイドル。キラキラな笑顔《えがお》が最高《さいこう》にかわいくて、みんなの視線《しせん》を離《はな》さないアイドル……。それぞれに魅力《みりょく》があると思《おも》う。」

「うん、うん！」

「日本中《にほんじゅう》のアイドルがみんな同《おな》じじゃつまらないでしょ。父《とう》さんの……社長《しゃちょう》の考《かんが》え方《かた》やり方《かた》は、賛同《さんどう》できないこともあるけど、光莉《ひかり》のアイドルデビューは間違《まちが》いないよ！　きっと、歌《うた》もダンスもどんどん上手《じょうず》になる光莉《ひかり》をみんなが応援《おうえん》してくれるはず。だって、光莉《ひかり》はどんなときも手《て》を抜《ぬ》かない。ファンのために全力《ぜんりょく》で努力《どりょく》する子《こ》だから。」

諒《りょう》くんの言葉《ことば》にどんどん心《こころ》がおどって、私《わたし》は自然《しぜん》と笑顔《えがお》になっていた。

もやもやは、跡形《あとかた》もなく消《き》えている。

新《あたら》しいアイドルの世界《せかい》で、私《わたし》は自由《じゆう》に羽《は》ばたける気《き》がするよ！

「ありがとう、諒《りょう》くん！　私《わたし》、全力《ぜんりょく》でがんばれそうだよ！」

「よかった〜〜。ここ最近《さいきん》、光莉《ひかり》の目《め》が輝《かがや》いてない気《き》がして心配《しんぱい》だったんだ。もうだいじょうぶだね。いつもの光莉《ひかり》に戻《もど》った。キラッキラなその笑顔《えがお》で、みんなを笑顔《えがお》にしてよ。」

「うん！」

へらへらしてるって言《い》われて、控《ひか》えめにしていた笑顔《えがお》。

これからは全開《ぜんかい》でいくよっ！

諒《りょう》くんは、いつも私《わたし》の笑顔《えがお》をほめてくれる。

(とってもうれしいな。でも、どうしてだろう？)

ふとそう思《おも》った私《わたし》は、なにげなく疑問《ぎもん》をぶつけてみた。

「諒《りょう》くんは、私《わたし》の笑顔《えがお》が好《す》き？」

「えっっっ!?」

あれれ？　諒《りょう》くんの顔《かお》が、ボボッと真《ま》っ赤《か》になった。

アタフタしてるし、どうしたんだろう？

首《くび》をかしげると、諒《りょう》くんは自分《じぶん》を落《お》ち着《つ》かせるように、ふーっと息《いき》を吐《は》いた。

「光莉《ひかり》の笑顔《えがお》はみんなが大好《だいす》きだよ。これからもっともっとたくさんの人《ひと》が光莉《ひかり》を好《す》きになる。全国《ぜんこく》のみんなが光莉《ひかり》に夢中《むちゅう》になるよ。俺《おれ》は光莉《ひかり》のアイドルデビューが楽《たの》しみなんだ。」

諒《りょう》くんの言葉《ことば》は、とってもうれしい。

そのはずなのに、なんだろう、このもやもやする気持《きも》ちは。

全国《ぜんこく》のみんなに大好《だいす》きになってもらえたらうれしいけど、でも……。

（諒《りょう》くんにも大好《だいす》きになってもらいたいな。どうしてだろう？）

こんな気持《きも》ち、初《はじ》めてだ。

日向《ひなた》ちゃんとお母《かあ》さんとナツさん以外《いがい》に、こんなふうに思《おも》うなんて。

うーん。うう――ん。これは、私《わたし》がほしかった答《こた》えじゃない気《き》がする。

私《わたし》は諒《りょう》くんの顔《かお》をのぞきこんだ。

「ちがうよ。諒《りょう》くんがどうなのか聞《き》いてるんだよ。諒《りょう》くんは、私《わたし》の笑顔《えがお》が好《す》き？」

「えっ。す、好《す》きだよ。あくまでもファンとしてね！　じゃ、じゃあね！」

真《ま》っ赤《か》な顔《かお》をした諒《りょう》くんは、ばびゅんと走《はし》っていっちゃった。

「ファンかぁ……。むぅ〜。」

口《くち》をとがらせてふくれてる自分《じぶん》に気《き》がついて、ハッとした。

（あれれ。なんでこんな気持《きも》ちになってるんだろう。）

私《わたし》がほしかった言葉《ことば》って、なんだろう。

「変《へん》なの……。」

小《ちい》さくなっていく諒《りょう》くんの背中《せなか》から、目《め》が離《はな》せないよ。

心《こころ》の奥《おく》にほんの少《すこ》し芽生《めば》えたこの気持《きも》ちが、なんなのかわからない。

だけど、教室《きょうしつ》に向《む》かう私《わたし》の心《こころ》と足取《あしど》りは、とっても軽《かる》かった。

10 日向《ひなた》ちゃんの『秘密《ひみつ》の推《お》し』

五時間目《じかんめ》が終《お》わり、迎《むか》えに来《き》てくれたお母《かあ》さんの車《くるま》で家《いえ》に帰《かえ》ってきた。
A《エー》クラスのレッスンが始《はじ》まるまであと一時間《じかん》。
制服《せいふく》からレッスン用《よう》の服《ふく》に着替《きが》えようとして、私《わたし》は手《て》を止《と》めた。
「あれっ。T《ティー》シャツがない。日向《ひなた》ちゃんのクローゼットかも。」
私《わたし》と日向《ひなた》ちゃんは、身長《しんちょう》も体重《たいじゅう》もぴったり同《おな》じ。
服《ふく》のサイズも同《おな》じだから、T《ティー》シャツは特《とく》に間違《まちが》われやすいんだ。
「日向《ひなた》ちゃん、入《はい》るね〜。」
ノックをしたけど返事《へんじ》がない。
玄関《げんかん》に靴《くつ》がなかったし、まだ帰《かえ》ってきてないんだね。
月曜日《げつようび》は委員会《いいんかい》があるから、帰《かえ》りが少《すこ》し遅《おそ》いんだっけ。
(委員会《いいんかい》とかクラブ活動《かつどう》とか楽《たの》しそう！　やってみたいな〜。)

なんて思《おも》いながらクローゼットをのぞいたら、T《ティー》シャツを発見《はっけん》！

「よかった〜。あれ？　なんだろうこれ。」

部屋《へや》の隅《すみ》に紙《かみ》が落《お》ちてる。

（ゴミが落《お》ちてるなんてめずらしいな。）

日向《ひなた》ちゃんはきっちりしてるから、いつも部屋《へや》は整理整頓《せいりせいとん》されてるのに。

ゴミ箱《ばこ》に捨《す》てようと紙《かみ》を拾《ひろ》った私《わたし》は、思《おも》わず足《あし》を止《と》めた。

「えっ！　これって……。」

信《しん》じられなくて、高速《こうそく》で瞬《まばた》きをしちゃった。

だって、その紙《かみ》には、超美少年《ちょうびしょうねん》が王子様《おうじさま》スマイルを浮《う》かべてる写真《しゃしん》がドーンと大《おお》きく載《の》ってたから！

「アイドル雑誌《ざっし》の切《き》り抜《ぬ》き？　『ネクストブレイク新人《しんじん》アイドル特集《とくしゅう》』って……。」

（丁寧《ていねい》に切《き》り取《と》られてるってことは……。ゴミじゃないみたいっ！）

えっ……。ええええっ！　どういうこと!?

日向《ひなた》ちゃんがアイドルの切《き》り抜《ぬ》きを持《も》ってるなんて！

PICK
UP!

「もしかして、この人《ひと》は日向《ひなた》ちゃんの『推《お》し』⁉」
きっと、この切《き》り抜《ぬ》きをファイリングして、永久保存《えいきゅうほぞん》するつもりだったんだよね。
で、うっかり落《お》としてしまったと……。
血眼《ちまなこ》で探《さが》してる日向《ひなた》ちゃんの姿《すがた》を想像《そうぞう》して、はわわ～ってなった。
「大変《たいへん》だ！　これはきっと日向《ひなた》ちゃんの宝物《たからもの》にちがいない。」
よし、机《つくえ》の上《うえ》にさりげなく置《お》いておこう。
(これでよし、と。)
それにしてもびっくりだ。
日向《ひなた》ちゃんに『推《お》し』がいるなんて。
そんなそぶり、いっさい見《み》せてなかったのに。
(うん？　そういえば……。)
私《わたし》がアイドルになるって知《し》ったとき、日向《ひなた》ちゃんは予想外《よそうがい》の反応《はんのう》をしてたな～。
『ええっ！　アイドルになるの⁉　すごい！　光莉《ひかり》なら大人気《だいにんき》アイドルになれるよ！』
って、すごく興奮《こうふん》してたし、パァァって目《め》が輝《かがや》いてた……。

『デビューまでの道《みち》のりはきっと厳《きび》しいよね。レッスンとか、いろいろあるのかな？』

『あ、うん。そうなんだ〜。明日《あした》からアイドル研修生《けんしゅうせい》になるの。モデルのお仕事《しごと》を減《へ》らして、ダンスと歌《うた》のレッスンをするんだ。日向《ひなた》ちゃん、詳《くわ》しいね。』

『えっ。そ、そんなことないよ〜。アイドルなんて、ぜんぜん興味《きょうみ》ないし！』

『そうだよね〜。』

この会話《かいわ》をしたとき、アイドルとか芸能界《げいのうかい》にいっさい興味《きょうみ》がないはずなのに変《へん》だなって思《おも》ったんだよね。

日向《ひなた》ちゃんの目《め》が落《お》ち着《つ》きなく泳《およ》いでいたのは……。

「はは〜ん。なるほど。日向《ひなた》ちゃんは、アイドルの魅力《みりょく》を知《し》ったから、私《わたし》のアイドルデビューも応援《おうえん》してくれてるんだね。ふふふっ。」

隠《かく》さなくてもいいのに〜。日向《ひなた》ちゃんったら、かっわいい〜。

ところでこの人《ひと》、誰《だれ》だろう？

(日向《ひなた》ちゃんに推《お》してもらえるなんて、いいなぁ。)

切《き》り抜《ぬ》きをじっくり見《み》てみる。

うーん。とってもきれいなお顔《かお》。

これは『国宝級《こくほうきゅう》のイケメン』ってさわがれてそうだなぁ。

顔面偏差値《がんめんへんさち》が高《たか》いだけじゃないの。

品《ひん》があって、キラキラしていて、さわやか！

ナツさんや諒《りょう》くんが言《い》っていた『アイドル性《せい》がある』って、こういう人《ひと》のことを言《い》うのかも！　納得《なっとく》。

（この人《ひと》は大人気《だいにんき》アイドルになるだろうな～。トップアイドルも夢《ゆめ》じゃないかも……。）

でも、どこかで見《み》たことがあるような気《き》がするんだよね……。

（うーん。同《おな》じ事務所《じむしょ》じゃないっぽいし……。）

スマホで写真《しゃしん》を撮《と》って自分《じぶん》の部屋《へや》に戻《もど》り、メッセージといっしょに諒《りょう》くんに送《おく》る。

【光莉《ひかり》：諒《りょう》くん、この人《ひと》のこと知《し》ってる？】

すぐに返事《へんじ》が来《き》た。

【諒《りょう》：新人《しんじん》アイドルだよね？　会《あ》ったことはないけど名前《なまえ》は知《し》ってるよ】

わぁ。さすが諒《りょう》くん！　この人《ひと》のこと、知《し》ってるんだ！

日向《ひなた》ちゃんが変《へん》なアイドルにのめりこんだら大変《たいへん》だから、ちゃんと調《しら》べなくちゃ！

【光莉《ひかり》：今《いま》、電話《でんわ》してもイイ？】

【諒《りょう》：えっ。いいよ】

よし！　ありがとう、諒《りょう》くん！

電話《でんわ》に出《で》た諒《りょう》くんは、なぜか気《き》まずそう。どうしたんだろう？

「もしも〜し！　諒《りょう》くん、お昼休《ひるやす》みはありがとう。」

『いや……。ごめん。なんか逃《に》げるみたいに教室《きょうしつ》に戻《もど》っちゃって。』

あ〜。そうだった。

諒《りょう》くんったら、真《ま》っ赤《か》な顔《かお》で「じゃ、じゃあね！」って行《い》っちゃったんだった。

それよりも、今《いま》は日向《ひなた》ちゃんの秘密《ひみつ》の推《お》しのことだ！

「気《き》にしてないよ〜。それでね、さっき送《おく》った画像《がぞう》の人《ひと》のこと、教《おし》えてほしいの。」

『いいけど……。エストレラプロダクションの新人《しんじん》アイドルだよ。名前《なまえ》は、成瀬壱弥《なるせいちゃ》。』

「成瀬壱弥《なるせいちゃ》かぁ……。エストレラプロダクションって、どこだっけ？」

『けっこう大《おお》きい事務所《じむしょ》だよ。ええっと、俺《おれ》たちと同《おな》い年《どし》くらいの所属《しょぞく》タレントで有名《ゆうめい》な人《ひと》は……。安西蘭《あんざいらん》はちがうな。あ、神崎愛梨《かんざきあいり》とか、最近朝《さいきんあさ》のドラマで話題《わだい》になった高沢悠《たかざわゆう》雅《が》とか！』

「あ～～！　あの天才子役《てんさいこやく》さん！　あと、チャラい人《ひと》！」

『チャラいって……。光莉《ひかり》、もしかして高沢悠雅《たかざわゆうが》にナンパでもされた？』

「ナンパ……なのかな～？　デートしよって言《い》われた。」

『はぁぁぁ!?　……あ、ごめん。ちなみにどこで？』

「学校《がっこう》で。」

『そっか……。あの人《ひと》、うちの学校《がっこう》の芸能《げいのう》コースの六年生《ねんせい》だもんね。エストレラプロダクションにクレーム入《い》れるように言《い》っとく！　光莉《ひかり》、あいつには気《き》をつけて。デートに誘《さそ》われてもついていっちゃダメだよ？　うちの事務所《じむしょ》ははっきりと恋愛禁止令《れんあいきんしれい》を定《さだ》めてるわけじゃないから、光莉《ひかり》があいつのこと本気《ほんき》で好《す》きなら止《と》めないけど……。でもそうじゃないなら、スキャンダルに巻《ま》きこまれないようにね。』

「うん。わかったよ！」

諒《りょう》くんって本当《ほんとう》にすごい。所属《しょぞく》タレントのことをちゃんと考《かんが》えてくれてる。

『あ、ごめん。成瀬壱弥《なるせいちや》のことだったね。はっ！　もしや光莉《ひかり》、あいつのことが……。』

「ちがうよ～！　成瀬壱弥《なるせいちや》のことが気《き》になってるのは私《わたし》じゃないよ。」

『そ、そっか。いや、いいんだけど。いやいや、よくないか。もし誰《だれ》かとカレカノになるなら、バレないように気《き》をつけてね。恋愛禁止令《れんあいきんしれい》はなくても、熱愛報道《ねつあいほうどう》とか出《で》ちゃったらなにかしらペナルティーがあるかもしれないから……。』

「わかったよ。」

とは言《い》ったけど、恋《こい》とかキュンとか、正直《しょうじき》よくわからない。

私《わたし》が誰《だれ》かを好《す》きになったり、カレシができるなんて、あるわけないよ。

『あ、ごめん、話《はなし》がそれたね。さっきの画像《がぞう》、アイドル雑誌《ざっし》の「ネクストブレイク新人《しんじん》アイドル特集《とくしゅう》」の切《き》り抜《ぬ》きじゃない？』

「うん！　そうだよ～。よくわかったね～。」

『成瀬壱弥《なるせいちや》は、二か月前《げつまえ》にデビューしたばかりの、エストレラプロダクションの期待《きたい》の新人《しんじん》だよ。敏腕《びんわん》マネージャーで有名《ゆうめい》な人《ひと》が熱心《ねっしん》にスカウトしたみたい。』

「へぇ～。すごいね～～。二か月前《げつまえ》ってことは、四年生《ねんせい》の春休《はるやす》み中《ちゅう》だ～。」

『そう。実《じつ》は同《おな》じ学校《がっこう》なんだよね。成瀬《なるせ》は一般《いっぱん》クラスだけど。』

「へぇ～。一般《いっぱん》クラスにいるんだ。あ！　わかったかも！　超《ちょう》かっこいい王子様《おうじさま》がいるってウワサになってた人《ひと》だ！」

そっか～！　どこかで見《み》たことがあるのは、そのせいだ。

エマちゃんとか、クラスの女子《じょし》たちがさわいでた。

たしか、すごい御曹司《おんぞうし》だってウワサ。

メイドさんと執事《しつじ》さんが百人《にん》いて、お城《しろ》みたいなお屋敷《やしき》に住《す》んでいて、ピッカピカの高級車《こうきゅうしゃ》に乗《の》って登校《とうこう》してきて、ボディーガード十人《にん》に守《まも》られてるとかなんとか。

私《わたし》は、そういう場面《ばめん》を実際《じっさい》に見《み》ていないから、どこまで本当《ほんとう》かわからないけどね。

(でも、そんなすごい御曹司《おんぞうし》が、どうしてアイドルになろうと思《おも》ったんだろう？)

ナゾだけど、日向《ひなた》ちゃんの秘密《ひみつ》の推《お》し活《かつ》をこっそり見守《みまも》ることにした。

私《わたし》のアイドルデビューは決《き》まったけど、具体的《ぐたいてき》にいつデビューするかはまだわからないんだ。

今日《きょう》、これからA《エー》クラスのレッスンに行《い》って、いろいろわかるんだと思《おも》う。

デビューできたら、いつか成瀬壱弥《なるせいちや》くんとお仕事現場《しごとげんば》で会《あ》えたりするのかな。

仲良《なかよ》くなってサインをもらったら、日向《ひなた》ちゃんはどんな顔《かお》するだろう。ふふふ。

成瀬壱弥《なるせいちや》くんと私《わたし》が共演《きょうえん》したら、泣《な》いてよろこぶかな〜。いひひ。

(よ〜し、日向《ひなた》ちゃんのためにも、一日《いちにち》でも早《はや》くデビューしよう!)

私《わたし》も、日向《ひなた》ちゃんに推《お》してもらえるアイドルになりたいな。

デビュー後《ご》の目標《もくひょう》が決《き》まってきたぞ〜。

「諒《りょう》くん、いろいろ教《おし》えてくれてありがとう。」

『どういたしまして。これからレッスンだよね? がんばって!』

諒《りょう》くんとの通話《つうわ》を終《お》えて、T《ティー》シャツに着替《きが》える。

お母《かあ》さんの車《くるま》に乗《の》って事務所《じむしょ》に出発《しゅっぱつ》した。


「あ! 光莉《ひかり》、見《み》て。日向《ひなた》だわ。」

「本当《ほんとう》だ〜。」

車《くるま》を運転《うんてん》してるお母《かあ》さんが、下校中《げこうちゅう》の日向《ひなた》ちゃんを発見《はっけん》して教《おし》えてくれた。

「あら。学校《がっこう》のお友《とも》だちと仲良《なかよ》く歩《ある》いてるわね。」

「うん！　日向《ひなた》ちゃん、楽《たの》しそう〜。」

日向《ひなた》ちゃんは、ステラ学園《がくえん》ではなく、近所《きんじょ》の小学校《しょうがっこう》に通《かよ》ってるの。

小学校《しょうがっこう》が別々《べつべつ》になってしまって、本当《ほんとう》はすごくさびしいんだ。

それに、引《ひ》っこみ思案《じあん》で恥《は》ずかしがり屋《や》さんの日向《ひなた》ちゃんが、お友《とも》だちとうまくいってるか心配《しんぱい》だった。

日向《ひなた》ちゃんのいいところ、みんなが知《し》ってくれたらいいな……って思《おも》ってたから、お友《とも》だちと楽《たの》しそうに歩《ある》いてる日向《ひなた》ちゃんを見《み》て、ホッとしたよ。

(日向《ひなた》ちゃんに、仲良《なかよ》しのお友《とも》だちがいてよかった。)

そうだよね。日向《ひなた》ちゃんはとってもいい子《こ》。仲良《なかよ》しの友《とも》だちがいないわけがないよね。

私《わたし》は……。友《とも》だちって、よくわからない。

エマちゃんも、クラスメイトも、モデル仲間《なかま》も、Bクラス《ビー》の仲間《なかま》も、友《とも》だちだって思《おも》ってたけど、ちがったみたい。

私《わたし》だけにいいことがあると、みんな態度《たいど》を変《か》えて、すーっといなくなっちゃう。

でもいいんだ〜。私《わたし》には、大切《たいせつ》な家族《かぞく》と、大好《だいす》きなナツさんとお仕事《しごと》があるから。

『キラッキラなその笑顔《えがお》で、みんなを笑顔《えがお》にしてよ。』

ふいに、諒《りょう》くんのやさしい笑顔《えがお》と言葉《ことば》を思《おも》い出《だ》した。

諒《りょう》くんは、どんなときも私《わたし》を応援《おうえん》してくれるし、態度《たいど》を変《か》えないし、いなくならない。

……ということは、友《とも》だちだよね!?

(私《わたし》にも、友《とも》だちがいた!)

友《とも》だち百人《にん》いなくてもいいんだ。

たったひとりでも、信頼《しんらい》できる人《ひと》がいたら、それでいい。

(私《わたし》にとって、諒《りょう》くんがたったひとりの友《とも》だち。)

大切《たいせつ》な人《ひと》をもっと笑顔《えがお》にしたいな。

ようやく、自分《じぶん》が歩《ある》きたい道《みち》がわかってきた気《き》がする。

しっかり地《ち》に足《あし》をつけて、この道《みち》を駆《か》け抜《ぬ》けよう!

(よ〜し! みんなを笑顔《えがお》にできるアイドル目指《めざ》して、Ａ《エー》クラスのレッスンもがんばろう!)

そう決《き》めたら、今《いま》までぼんやりしていた頭《あたま》の中《なか》がクリアになって。
車《くるま》の窓《まど》から見《み》える景色《けしき》も、色鮮《いろあざ》やかになっていた。

11 デビュー決定《けってい》!!

事務所《じむしょ》に着《つ》くと、ナッツさんがA《エー》クラスについて説明《せつめい》してくれた。

「A《エー》クラスは、デビューが決《き》まった子《こ》が、デビューするまでの間《あいだ》に自分《じぶん》のパフォーマンスを磨《みが》くためのクラスなんだよ。」

「へぇ〜。みんなでレッスンをするわけじゃないんだね。」

「デビュー曲《きょく》が決《き》まるまでは、いっしょにレッスンすることもあるけどね。B《ビー》クラスとは雰囲気《ふんいき》がちがうから最初《さいしょ》は戸惑《とまど》うかもしれないけど、光莉《ひかり》ならだいじょうぶ！　なにかあったらすぐ相談《そうだん》してね。」

「は〜い！」

A《エー》クラスに在籍《ざいせき》してるのは、デビューが決《き》まった子《こ》たち。

デビュー日《び》やデビュー曲《きょく》、デビューイベントの内容《ないよう》が決《き》まった、デビュー直前《ちょくぜん》の子《こ》もいれば、私《わたし》のような『デビューすることは決《き》まったけど、それ以外《いがい》はこれから決《き》まる』って子《こ》もいて、B《ビー》クラスとは雰囲気《ふんいき》がぜんぜんちがうみたい。

(デビュー前《まえ》の大事《だいじ》な時期《じき》だから、みんなピリピリしてるのかなぁ〜。)

B《ビー》クラスの子《こ》は、私《わたし》のデビューが決《き》まるまでは、そこそこ仲良《なかよ》くしてくれたんだけど……。

A《エー》クラスの子《こ》はどうかな。

ちょっぴり弱気《よわき》になりかけたけど、ブンブンと頭《あたま》を振《ふ》った。

ううん。A《エー》クラスがどんな雰囲気《ふんいき》でも、誰《だれ》になにを言《い》われても、意地悪《いじわる》されたとしても、気《き》にしない！

(私《わたし》はアイドルになりたいんだ！　気《き》にしてる時間《じかん》なんてないよね。)

よし、と気合《きあい》を入《い》れて、A《エー》クラスのレッスン部屋《べや》に飛《と》びこんだ。

ところが――……。

「A《エー》クラスにようこそ〜！」

「デビューまで、よろしくね！」

「お互《たが》い、学《まな》び合《あ》って成長《せいちょう》したいね！」

驚《おどろ》いたことに、みんながピカピカの笑顔《えがお》で迎《むか》えてくれたの！

ちょっと身構《みがま》えていた私《わたし》は、驚《おどろ》いて目《め》をぱちくりさせちゃった。

今日《きょう》、A《エー》クラスのレッスン部屋《べや》にいたのは五人《にん》。

三人《にん》グループでデビューする予定《よてい》の子《こ》たちと、ソロでデビューする子《こ》がふたり。

ほかにも、衣装合《いしょうあ》わせに行《い》っていてここには来《き》ていない子《こ》もいるんだって！

ナツさんが言《い》っていたとおり、A《エー》クラスの子《こ》はデビューに向《む》けた練習《れんしゅう》や準備《じゅんび》をしていた。

自分《じぶん》たちの歌《うた》の練習《れんしゅう》をしたり、デビューイベントの打《う》ち合《あ》わせをしたり。

みんなデビューが待《ま》ち遠《どお》しくて、うずうずしてる。

とっても明《あか》るくて前向《まえむ》きで、パワーにあふれた人《ひと》たちばかり！

（わぁ〜〜！　すごい！　みんな楽《たの》しそう〜！　キラキラしてる！）

私《わたし》もがんばろう！　って、わくわくしたんだ。


その日《ひ》から、本格的《ほんかくてき》に、デビューに向《む》けた準備《じゅんび》が始《はじ》まった。

一週間後《しゅうかんご》にはデビュー曲《きょく》『恋《こい》のラズベリーパイ』が完成《かんせい》して、私《わたし》は今《いま》、歌《うた》や簡単《かんたん》な振《ふ》り付《つ》けを練習《れんしゅう》してるの。

『恋《こい》のラズベリーパイ』は、初《はじ》めて恋《こい》をした女《おんな》の子《こ》の気持《きも》ちを歌《うた》った歌詞《かし》なんだ！

ポップで、振《ふ》り付《つ》けもかわいくて、元気《げんき》になれそうな最高《さいこう》の曲《きょく》だよ。

恋《こい》をしたことがないから、いまいち歌詞《かし》の意味《いみ》がわからないいんだけど……。

元気《げんき》に楽《たの》しく歌《うた》おうって決《き》めて、練習《れんしゅう》をがんばってる。

A《エー》クラスのみんなとは、すぐに仲良《なかよ》くなれたよ。

みんな、何日《なんにち》経《た》っても態度《たいど》が変《か》わらない。

明《あか》るくて前向《まえむ》きで、とってもいい子《こ》たちなの！

「心菜《ここな》のデビュー日《び》が決《き》まったって〜！」

「「「おめでとう〜〜〜！」」」

そうやって、誰《だれ》かのデビュー日《び》が決《き》まると、みんなで祝福《しゅくふく》するんだ。

デビューイベントはとっても楽《たの》しみだけど、見《み》に来《き》てくれる人《ひと》がいなかったらどうしようって心配《しんぱい》もある。

だから、会場《かいじょう》が少《すこ》しでも華《はな》やかになるように、みんなでお花《はな》を贈《おく》ったり、イベントに駆《か》けつけたりして盛《も》り上《あ》げるの。

デビューイベントでステージに立《た》つ姿《すがた》を見《み》るたびに、胸《むね》が熱《あつ》くなる。

今《いま》までのがんばりを知《し》ってるから、心《こころ》からおめでとうって思《おも》うんだ。

A《エー》クラスの子《こ》は、自分《じぶん》とほかの子《こ》を比《くら》べない。

嫉妬《しっと》しないし、陰口《かげぐち》も言《い》わない。

デビューに向《む》けて、自分《じぶん》たちがやるべきことを、ひたすらがんばってる。

支《ささ》え合《あ》ったり励《はげ》まし合《あ》ったりしながら努力《どりょく》を続《つづ》ける日々《ひび》は、とっても充実《じゅうじつ》していた。

そんなある日《ひ》、ついに私《わたし》のデビュー日《び》とデビュー記念《きねん》イベントが決定《けってい》したんだ！

「光莉《ひかり》！　すごいよ～。デビューイベントの会場《かいじょう》、超有名《ちょうゆうめい》な劇場《げきじょう》に決《き》まったよ！　すごく名誉《めいよ》なことなんだから～！」

「名誉《めいよ》……？」

ピンとこなくて首《くび》をかしげると、ナツさんが大《おお》きく口《くち》を開《あ》けて笑《わら》った。

「あはは。相変《あいか》わらず、そういうのはどうでもいいんだね。光莉《ひかり》らしい～。」

「えへへ。ごめん。なんかすごいところでイベントをしてもらえるってことはわかるよ。ありがとう。」

「ふっふっふ～。その劇場《げきじょう》はね、人《ひと》を選《えら》ぶんだよ。劇場《げきじょう》が認《みと》めた人《ひと》しか舞台《ぶたい》に上《あ》がれないの。会場自体《かいじょうじたい》は小《ちい》さめなんだけど、新人《しんじん》にとってあこがれのステージなんだよ～～。」

「へぇ～！」

「うちの事務所《じむしょ》からデビューした子《こ》で、こんないい場所《ばしょ》でデビューイベントやってもらった子《こ》いないよ～。さっすが光莉《ひかり》！　ギャラクシーのイチオシ新人《しんじん》アイドル～！」

「そうなの⁇」

「そうだよ～。デビューCD《シーディー》の枚数《まいすう》だって過去最高《かこさいこう》に多《おお》い予定《よてい》だし、衣装《いしょう》も豪華《ごうか》だし！」

「……そっか。」

期待《きたい》してもらってるってことだよね？

すごくありがたいし、がんばらなきゃって思《おも》うけど……。

(また、私《わたし》だけ……。A《エー》クラスのみんなに、特別待遇《とくべつたいぐう》って思《おも》われちゃうかな。)

今《いま》までのことを思《おも》い出《だ》して、心《こころ》に影《かげ》が落《お》ちる。

A《エー》クラスのみんなも、急《きゅう》に態度《たいど》が変《か》わったり、サーッといなくなったりするのかな。

(みんな、どんな反応《はんのう》するかな……。)

心配《しんぱい》しながらレッスン部屋《べや》に入《はい》ると――……。

「聞《き》いたよ、光莉《ひかり》～～！　デビュー日《び》が決《き》まったんだってね！」

「デビューイベントの場所《ばしょ》、すごいじゃん！」

「おめでとう！　すごいよ～～～！」

「さすがだよ～！　応援《おうえん》してるね。」

わわわっ。心配《しんぱい》なんてすぐに吹《ふ》き飛《と》んじゃった。

Aクラス《エー》のみんなは、私《わたし》だけにいいことがあっても態度《たいど》を変《か》えなかった。

「みんな、ありがとう！」

やっとやっと、心《こころ》から「ありがとう。」が言《い》えたよ。

今《いま》までは、よろこんではいけない空気《くうき》だったからずっと飲《の》みこんでいたんだ。

（A《エー》クラスのみんなは、『友《とも》だち』だ！　友《とも》だちってあったかいな。）

ありのままの自分《じぶん》を受《う》け入《い》れてもらえるって、こんなにうれしいんだね。

同《おな》じ目標《もくひょう》に向《む》かってがんばるみんなが大好《だいす》きだよ。

「あ、そうだ！　もしよかったら、光莉《ひかり》のデビューイベントで私《わたし》たちの紹介《しょうかい》をしてもらえたらうれしいな。ちらっとでいいから。」

「いいな〜。私《わたし》もお願《ねが》い〜。私《わたし》のデビューイベント、光莉《ひかり》のイベントの一週間後《しゅうかんご》だから、宣伝《せんでん》してもらいた〜い！」

「事務所《じむしょ》イチオシの光莉《ひかり》のイベントだもん。きっと満席《まんせき》になるから、宣伝効果《せんでんこうか》すごそう！」

「だよね〜。私《わたし》たちのデビューイベントでも、光莉《ひかり》の宣伝《せんでん》するからさ〜。」

A《エー》クラスのみんなからのお願《ねが》いに、私《わたし》は笑顔《えがお》でうなずいた。

「わかったよ〜。ナツさんに相談《そうだん》してみるね。」

満席《まんせき》にできるかわからないけれど、少《すこ》しでもみんなの役《やく》に立《た》てたらいいな。

（よし！　来《き》てくれた人全員《ひとぜんいん》がハッピーになるイベントにしよう！）

大好《だいす》きな人《ひと》と、がんばる理由《りゆう》が増《ふ》えて、私《わたし》はとってもハッピーだった。

12　デビューイベント！

ついに、デビュー記念《きねん》イベントの当日《とうじつ》を迎《むか》えた。

「おはよう、光莉《ひかり》！　いよいよデビュー記念《きねん》イベントだね！　がんばろう～！」

劇場《げきじょう》の楽屋《がくや》に入《はい》ると、振《ふ》り返《かえ》ったナツさんがにっこり笑《わら》った。

「ナツさん、おはよう～。がんばるね！」

「まさか、事務所《じむしょ》がこんな状況《じょうきょう》のときにデビューするとは思《おも》わなかったけど……。頼《たの》まれてたA《エー》クラスのみんなの紹介《しょうかい》や宣伝《せんでん》もできなくなっちゃったし。ごめんね、光莉《ひかり》。」

「しょうがないよ。だいじょうぶだよ。」

「光莉《ひかり》はな～んにも気《き》にしなくていいから、思《おも》いっきり楽《たの》しんでおいで！」

「うん！」

待《ま》ちに待《ま》ったデビューイベント当日《とうじつ》だけど、心配事《しんぱいごと》がある。

劇場《げきじょう》の客席《きゃくせき》がうまるくらい、お客《きゃく》さんが来《き》てくれるかな……ってこと。

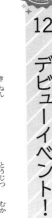

ナツさんと私《わたし》だけじゃない。事務所《じむしょ》の関係者《かんけいしゃ》みんなが心配《しんぱい》してる。

こんなに心配《しんぱい》になるのにはわけがあるんだ。

イベント一週間前《しゅうかんまえ》に、大変《たいへん》なトラブルが発生《はっせい》したの。

私《わたし》の事務所《じむしょ》、『ギャラクシー』に所属《しょぞく》している俳優《はいゆう》さんが不祥事《ふしょうじ》を起《お》こしたんだって。

事務所《じむしょ》は対応《たいおう》に追《お》われて、私《わたし》のデビューイベントの告知《こくち》ができる状況《じょうきょう》じゃなかった。

「五十人限定《にんげんてい》のイベントだから、だいじょうぶ。きっと満員《まんいん》になるよ！」

ナツさんは明《あか》るくそう言《い》って励《はげ》ましてくれたけど……。

私《わたし》もできることをやろうと思《おも》って、ここ一週間《しゅうかん》、SNS《エスエヌエス》での宣伝《せんでん》をがんばったんだ。

でも、SNS《エスエヌエス》を始《はじ》めたばかりの私《わたし》のフォロワーはまだ二千人《せんにん》。

困《こま》っていたら、A《エー》クラスのみんなや、先《さき》にアイドルデビューした子《こ》たちが、私《わたし》の投稿《とうこう》を拡散《かくさん》してくれたの！

学校《がっこう》のクラスメイトも、エマちゃんがいないところでこっそり「応援《おうえん》してるよ。」「がんばって。」「当日《とうじつ》、観《み》に行《い》きたい～！」って言《い》ってくれた。

「光莉《ひかり》、ついにデビューだね。応援《おうえん》してるよ！」

諒《りょう》くんからもエールをもらって、なんとか今日《きょう》まで宣伝《せんでん》をがんばってきたの。

（デビューイベントのお知《し》らせが、どれだけの人《ひと》に届《とど》いているかわからないけれど……。

みんなも協力《きょうりょく》してくれたんだし、だいじょうぶ！　せいいっぱいがんばろう！）

リハーサルを終《お》えた私《わたし》は、メイクをしてもらい、衣装《いしょう》に着替《きが》えて鏡《かがみ》の前《まえ》に立《た》った。

「光莉《ひかり》〜〜、最高《さいこう》にかわいいよ〜〜〜！」

ナツさんが目《め》をキラキラさせてる。

鏡《かがみ》にうつる私《わたし》も、自然《しぜん》と笑顔《えがお》になっていた。

「ありがとう、ナツさん。こんなかわいい衣装《いしょう》を用意《ようい》してくれて。」

「うんうん！　よく似合《にあ》ってるよ。」

今日《きょう》のために用意《ようい》してもらった衣装《いしょう》は、リボンとフリルがたくさんついた、ふわふわのミニドレス！

アイドルの私《わたし》にとって、衣装《いしょう》は大切《たいせつ》な相棒《あいぼう》なんだ。

（よし、やるぞ〜！）

宣伝《せんでん》も、練習《れんしゅう》も、やれることはすべてやった。

ダンスと歌《うた》は、決《けっ》して上手《じょうず》とはいえないけれど、笑顔《えがお》でがんばろう！

お客《きゃく》さん全員《ぜんいん》を、キラッキラの笑顔《えがお》にしたい！

トラブルなんかに負《ま》けないよ！

『光莉《ひかり》の笑顔《えがお》を見《み》てたら、不思議《ふしぎ》と元気《げんき》になる。アイドル向《む》いてるよ。』

諒《りょう》くんの言葉《ことば》を思《おも》い出《だ》して、ふーっと深呼吸《しんこきゅう》した。

「よし、行《い》こうか。そろそろスタンバイの時間《じかん》だわ。」

「うん！」

ナツさんといっしょに楽屋《がくや》を出《で》て、舞台袖《ぶたいそで》に待機《たいき》する。

「光莉《ひかり》、デビューおめでとう。楽《たの》しんでおいで！」

「ありがとう、ナツさん。行《い》ってくるね！」

ポップな音楽《おんがく》が流《なが》れる中《なか》、私《わたし》はまばゆいステージに飛《と》び出《だ》した！

だけどすぐに、心臓《しんぞう》がどくん！　とイヤな音《おと》を立《た》てた。

（……えっ。そんな……。）

ステージの中央《ちゅうおう》まで元気《げんき》に走《はし》っていった私《わたし》は、観客席《かんきゃくせき》を見回《みまわ》して絶句《ぜっく》してしまった。

客席《きゃくせき》は、空席《くうせき》が目立《めだ》っている。

A《エー》クラスのみんなも、先《さき》にアイドルデビューしたみんなも、「観《み》に行《い》きたい！」って言《い》ってくれていたクラスメイトも、誰《だれ》もいない。

リハーサルのときに、ちらっとロビーを見《み》たんだけど、恒例《こうれい》だった、デビューイベントの会場《かいじょう》に贈《おく》るみんなからのお花《はな》も来《き》てないみたい――……。

（……っ。動揺《どうよう》してちゃダメだよ。笑顔《えがお》であいさつ、しなくちゃ！）

すっと息《いき》を吸《す》いこんで、にっこり笑《わら》う。

「初《はじ》めまして。光莉《ひかり》です！」

客席《きゃくせき》から拍手《はくしゅ》が聞《き》こえてくる。

でも……。三十人《にん》くらいしかいない。

空《あ》いてる席《せき》を見《み》て、現実《げんじつ》を突《つ》きつけられる。

なによりも悲《かな》しいのは、今《いま》までA《エー》クラスの仲間《なかま》がデビューするときは、「お祝《いわ》いしよう！　イベントを盛《も》り上《あ》げて応援《おうえん》しよう！」って、みんなでイベントに駆《か》けつけていたのに、そのときの仲間《なかま》が誰《だれ》ひとり来《き》てくれなかったこと。

（みんなに手渡《てわた》ししたから、チケットは持《も》ってるはずなのに……。）

ふいに、エマちゃんの投稿《とうこう》を思《おも》い出《だ》した。

【私《わたし》にはなにもメリットがなかった】

みんなが来《き》てくれなかった理由《りゆう》って、もしかして……。

今日《きょう》来《き》ても、花《はな》を贈《おく》っても、自分《じぶん》たちの紹介《しょうかい》や宣伝《せんでん》をしてもらえないなら、なにもメリットがないから……なのかな。

（そっか……。私《わたし》、友《とも》だちいないんだ……。）

私《わたし》はみんなのことを友《とも》だちだと思《おも》ってたけど、そうじゃなかったみたい。

A《エー》クラスのみんなは、嫉妬《しっと》をしないし人《ひと》と比《くら》べないって思《おも》ってたけど、ちがった。

心《こころ》の中《なか》にナイフを隠《かく》して、まるで友《とも》だちのようにふるまっていただけだったんだ……。

ショックなのは、自分《じぶん》に対《たい》して。自分《じぶん》の鈍感《どんかん》さが悲《かな》しいよ。

知《し》らないうちに、私《わたし》はみんなを傷《きず》つけてしまっていたのかもしれないから。

（私《わたし》、誰《だれ》とでも仲良《なかよ》くなれるけど、本当《ほんとう》の友《とも》だちってひとりもいないのかもしれない……。）

悲《かな》しくて、ショックで、私《わたし》はステージの上《うえ》で固《かた》まってしまった。
（ううん。諒《りょう》くんは友《とも》だちだよ！　私《わたし》にも信頼《しんらい》できる友《とも》だちがいる！）
笑顔《えがお》が引《ひ》きつってしまいそうになって、必死《ひっし》に気持《きも》ちを切《き》り替《か》えようとしたけれど。
（……いや、諒《りょう》くんはみんなにやさしいんだよ。）
諒《りょう》くんは事務所《じむしょ》の社長《しゃちょう》さんの息子《むすこ》で、いつかはこの事務所《じむしょ》の社長《しゃちょう》さんになるみたい。
だから、落《お》ちこんでる所属《しょぞく》タレントを励《はげ》ますのは、諒《りょう》くんにとってはお仕事《しごと》。
タレントさんをフォローすることも俺《おれ》の仕事《しごと》って、前《まえ》に言《い》ってたし、友情《ゆうじょう》じゃないよ。
（鈍《にぶ》すぎるよ、私《わたし》。やっと気《き》づくなんて。）
日向《ひなた》ちゃんは、交友関係《こうゆうかんけい》が広《ひろ》いわけではないけれど、心《こころ》を許《ゆる》せる大切《たいせつ》な友《とも》だちがいる。
私《わたし》は、広《ひろ》く浅《あさ》く……って思《おも》ってた。
（そうじゃなかった。私《わたし》は人《ひと》とのかかわりが浅《あさ》すぎるんだ……。）
体《からだ》が鉛《なまり》みたいに重《おも》く感《かん》じられて、じわっと涙《なみだ》がにじんできた。
（この世界《せかい》は華《はな》やかだけど、とっても厳《きび》しいって、痛《いた》いほどわかったよ……。）
どうしよう。笑顔《えがお》になれない。声《こえ》が出《で》ない。足《あし》も体《からだ》も動《うご》かないよ……。

ステージの上《うえ》で、たったひとり。

私《わたし》は呆然《ぼうぜん》と立《た》ちつくし、うつむいてしまった。

そのときだった――……。

「光莉《ひかり》！　がんばれ！」

「光莉《ひかり》〜〜〜！」

えっ……。

会場《かいじょう》から聞《き》こえてきた声《こえ》に、ガバッと顔《かお》を上《あ》げる。

誰《だれ》の声《こえ》かわからない。だけど、たしかに客席《きゃくせき》から聞《き》こえた。

（緊張《きんちょう》で泣《な》きそうになってるって思《おも》われたのかな。）

ぎゅっとマイクを握《にぎ》りしめて、私《わたし》はもう一度《いちど》息《いき》を吸《す》いこんだ。

「やっとやっと、ここに立《た》つことができました。」

いつもの自分《じぶん》じゃない、かすれた声《こえ》。

「「「きゃ〜〜〜〜〜！！！」」」

「「「光莉《ひかり》〜〜〜〜〜〜！！！」」」

だけど、大《おお》きな拍手《はくしゅ》と歓声《かんせい》が私《わたし》を包《つつ》んだ。

ハッとわれに返《かえ》る。

（そうだよね。落《お》ちこんでる場合《ばあい》じゃない。私《わたし》に会《あ》いに来《き》てくれた人《ひと》たちが、目《め》の前《まえ》にいるんだから……！）

ふるふると小《ちい》さく頭《あたま》を振《ふ》って、どんよりした気持《きも》ちを振《ふ》り払《はら》う。

満席《まんせき》じゃないけれど、逆《ぎゃく》にみんなの顔《かお》がよく見《み》える。

私《わたし》は、客席《きゃくせき》のひとりひとりを見《み》つめた。

（あれ？　諒《りょう》くんがいる！）

諒《りょう》くん、来《き》てくれたんだ……！　しかも、大《おお》きな花束《はなたば》を抱《かか》えてる。

んんっ？　あれは……。サングラスに帽子《ぼうし》でナゾの変装《へんそう》をしてるけど……。

（日向《ひなた》ちゃん⁉）

今日《きょう》はテスト勉強《べんきょう》があるって言《い》ってたのに、来《き》てくれたんだ……。

来《こ》られないって言《い》ってたから、日向《ひなた》ちゃんのチケットは手配《てはい》しなかったの。

（まさか、自力《じりき》でチケットを手《て》に入《い》れたの？）

デビューCD《シーディー》を三枚買《まいか》わないと、このイベントに来《こ》られないんだ。

ここに来《き》てるってことは、三枚《まい》も買《か》ってくれたの⁉

私《わたし》、知《し》ってるよ。

日向《ひなた》ちゃんが、成瀬壱弥《なるせいちゃ》くんの初《はつ》コンサートに行《い》くために、コツコツお金《かね》を貯《た》めてること。

それなのに、私《わたし》のCD《シーディー》、三枚《まい》も買《か》っちゃダメじゃない。

成瀬壱弥《なるせいちゃ》くんのコンサートに行《い》けなくなっちゃうのに。

それでも、私《わたし》のデビューイベントにこっそり来《き》てくれたなんて……。

（私《わたし》が、誰《だれ》も来《き》てくれないかも……って心配《しんぱい》していたから……？）

ありがとう、日向《ひなた》ちゃん。諒《りょう》くん。

うれしくて、感動《かんどう》で胸《むね》が痛《いた》いくらいにじーんとふるえてる。

一気《いっき》に気持《きも》ちが高揚《こうよう》して、ぶわっと涙《なみだ》がにじんできた。

ふたりとも、本当《ほんとう》に本当《ほんとう》にありがとう！

もうだいじょうぶ！　いつもの私《わたし》を取《と》り戻《もど》したよ！

（三十人《にん》しか来《き》てくれなかった、じゃない。三十人《にん》も私《わたし》のために来《き》てくれたんだ！）

私《わたし》を応援《おうえん》してくれる人《ひと》、ちゃんといた……！

（来《き》てくれたみんなを、最高《さいこう》の笑顔《えがお》にしよう！　心《こころ》から楽《たの》しんでもらおう！）

強《つよ》くそう思《おも》ったら、カチッとスイッチが入《はい》って、元気《げんき》があふれてきた。

私《わたし》はマイクを握《にぎ》り直《なお》して、とびきりの笑顔《えがお》を向《む》けた。

「今日《きょう》は、私《わたし》のデビュー記念《きねん》イベントに来《き》てくれてありがとう！」

「「「光莉《ひかり》〜〜〜〜!!」」」

歓声《かんせい》と、スポットライトを浴《あ》びて、暗《くら》くて悲《かな》しい気持《きも》ちが吹《ふ》き飛《と》んでいく。

「みんなに会《あ》えて、とってもうれしいです。」

目《め》の前《まえ》にいるのは三十人《にん》だけど、百人以上《にんいじょう》いるかのような拍手《はくしゅ》。

ぶわっと感動《かんどう》の涙《なみだ》があふれてしまった。

「ごめんね。うれしくって。来《き》てくれて本当《ほんとう》にありがとう。短《みじか》い時間《じかん》だけど、楽《たの》しんでもらえたらうれしいです！　じゃあ、いくよ〜〜〜！　デビュー曲《きょく》、歌《うた》います！！！」

パチンとウインクをして、曲名《きょくめい》を告《つ》げる。

「恋《こい》のラズベリーパイ♪」

イントロが流《なが》れ、わくわくするような曲《きょく》に、体《からだ》が勝手《かって》にリズムを刻《きざ》む。

みんなの手拍子《てびょうし》がとってもうれしい！

（うん。私《わたし》、だいじょうぶそう！　ちゃんと歌《うた》えるよ！）

会場《かいじょう》のみんなに笑顔《えがお》を届《とど》けたくて、笑顔《えがお》になってもらいたくて、私《わたし》は元気《げんき》いっぱい歌《うた》っておどった。

♪恋《こい》をして、初《はじ》めて知《し》ったの
わた菓子《がし》のように、甘《あま》くてふわふわした気持《きも》ち
ビターチョコのように、ほろ苦《にが》い気持《きも》ち
ラズベリーソースみたいに、キュンと甘酸《あまず》っぱい気持《きも》ち
言葉《ことば》じゃ伝《つた》えられないこの気持《きも》ち
たっぷりまぜて、ラズベリーパイを焼《や》くの

あなたに届《とど》いてほしい
甘《あま》くて酸《す》っぱい、恋《こい》のラズベリーパイ♪

降《ふ》り注《そそ》ぐライトと、大歓声《だいかんせい》。みんなの輝《かがや》く瞳《ひとみ》。
私《わたし》、ステージの上《うえ》でキラキラ輝《かがや》けてるかな。
最高《さいこう》に楽《たの》しくて、うれしくて、幸《しあわ》せだ。
歌《うた》いながら、ちらりと諒《りょう》くんに視線《しせん》を向《む》ける。
（わぁ。諒《りょう》くんが、キラキラした目《め》で私《わたし》を見《み》てくれてる！）
手《て》を振《ふ》ると、笑顔《えがお》で手《て》を振《ふ》り返《かえ》してくれた。
どきん！　って、私《わたし》の鼓動《こどう》が、ひときわ大《おお》きく高鳴《たかな》る。
（なんだろう。こんなドキドキ、初《はじ》めてだよ……。）
『恋《こい》のラズベリーパイ』は、恋《こい》を知《し》った女《おんな》の子《こ》の気持《きも》ちを歌《うた》ってる。
今《いま》までは、恋《こい》する気持《きも》ちがわからなかったんだ。
でも……。なぜだろう。

諒《りょう》くんに届《とど》いてほしいって思《おも》ってる。

ちょっと戸惑《とまど》いながらも、私《わたし》は心《こころ》をこめて歌《うた》った。

大盛《おおも》り上《あ》がりの中《なか》、最後《さいご》の歌《うた》を歌《うた》い終《お》え、照明《しょうめい》が落《お》ちる。

感動的《かんどうてき》な音楽《おんがく》が流《なが》れ、スポットライトに照《て》らされながら、私《わたし》は締《し》めのあいさつを始《はじ》めた。

「おかげさまでデビューできました。これがゴールじゃなくて、ここがスタート。私《わたし》、トップアイドル目指《めざ》してがんばります！」

たくさんの拍手《はくしゅ》とキラキラの笑顔《えがお》を客席《きゃくせき》のみんなからもらって、胸《むね》がいっぱい！

日向《ひなた》ちゃんも、そっと涙《なみだ》をぬぐって拍手《はくしゅ》してくれてる。

みんなに想《おも》いを伝《つた》えよう。

「今日《きょう》来《き》てくれたみんなのこと、みんなの笑顔《えがお》、たくさんの拍手《はくしゅ》、絶対忘《ぜったいわす》れないよ。いつか、もっともっと大《おお》きな会場《かいじょう》でみんなに会《あ》えるよう、がんばります！　これからも応援《おうえん》してください！」

深々《ふかぶか》と頭《あたま》を下《さ》げ、鳴《な》りやまない拍手《はくしゅ》を全身《ぜんしん》で受《う》け止《と》めた。

トップアイドルになりたい。ここにいるみんなに恩返《おんがえ》しができるように。

「光莉《ひかり》のデビューイベントに参加《さんか》したんだ。」って自慢《じまん》できるくらいに。

そしていつか、またここで、今日《きょう》と同《おな》じように三十人限定《にんげんてい》でシークレットイベントをやりたい。

そう強《つよ》く思《おも》った私《わたし》は、揺《ゆ》るぎない目標《もくひょう》を見《み》つけたんだ。

13　これって恋《こい》？

翌朝《よくあさ》、ステラ学園《がくえん》に登校《とうこう》した私《わたし》は、諒《りょう》くんを探《さが》した。

昨日《きのう》……。

最後《さいご》のあいさつを終《お》えて舞台袖《ぶたいそで》に引《ひ》っこんだ私《わたし》を、ナツさんがぎゅーって抱《だ》きしめてくれたの。

「光莉《ひかり》〜〜〜！　最高《さいこう》だったよ！　今《いま》までで一番《いちばん》いい『恋《こい》のラズベリーパイ』だった！キュンとしたよ〜〜！　まるで恋《こい》する女《おんな》の子《こ》みたいに歌《うた》えてた！」

号泣《ごうきゅう》しながら、そうほめてくれたんだ。

『恋《こい》のラズベリーパイ』が、やっと私《わたし》の歌《うた》になったみたいで、とってもうれしかった。

うまく歌《うた》えたのは、諒《りょう》くんのおかげだって思《おも》った。

終演後《しゅうえんご》、楽屋《がくや》に届《とど》いた諒《りょう》くんからの大《おお》きな花束《はなたば》にも感動《かんどう》したの。

だから、諒《りょう》くんにお礼《れい》が言《い》いたくて。

「あ、いた！」

諒《りょう》くんを発見《はっけん》！

でも、教室《きょうしつ》の真《ま》ん中《なか》にいて、みんなとわいわい楽《たの》しそうにしゃべってる。

(諒《りょう》くんって、みんなと仲良《なかよ》しだよね……。たっくさん友《とも》だちがいる……。)

男子《だんし》も女子《じょし》も、分《わ》け隔《へだ》てなく誰《だれ》とでも仲良《なかよ》くできるってすごい。

諒《りょう》くんはみんなにやさしいし……。

(なんだろう。ちょっとムズムズする。)

結局《けっきょく》、朝《あさ》は諒《りょう》くんに声《こえ》をかけられなかった。

お昼《ひる》の時間《じかん》になると、私《わたし》はばびゅん！　と食堂《しょくどう》に急《いそ》いだ。

「諒《りょう》くん～～！」

「ん？　あ、光莉《ひかり》。」

「あのね、テラス席《せき》に行《い》かない？　いっしょにご飯食《はんた》べよ？」

あれれ。どうしてこんなにドキドキするんだろう。

ご飯《はん》をいっしょに食《た》べようって誘《さそ》っただけなのに、変《へん》なの。

しかもね、諒《りょう》くんの返事《へんじ》を待《ま》ってるこの時間《じかん》が、なぜか耐《た》えられない！

それに、ちょっと緊張《きんちょう》してる。

返事《へんじ》はどっちでもいいはずなのに、なんで〜？

ドキドキしながら返事《へんじ》を待《ま》っていると、諒《りょう》くんはくしゃっと笑《わら》ってくれた。

「うん、いいよ。」

「ありがとう！」

わぁ〜。わぁ〜〜〜。すっごくうれしい！

スキップしたくなるほど浮《う》かれてる自分《じぶん》が、不思議《ふしぎ》すぎるよ。

なんとか気持《きも》ちを落《お》ち着《つ》かせて、諒《りょう》くんといっしょにランチを注文《ちゅうもん》する。

私《わたし》も諒《りょう》くんも、スペシャルランチにしたんだ。

牛《ぎゅう》ヒレ肉《にく》のステーキがおいしい、お気《き》に入《い》りのメニュー。

特別《とくべつ》にがんばった日《ひ》に食《た》べるご褒美《ほうび》なんだ！

「諒《りょう》くん、昨日《きのう》は来《き》てくれてありがとう。うれしかったよ。」

ランチを食《た》べながら、さっそくお礼《れい》を伝《つた》えると、諒《りょう》くんはキラッと目《め》を輝《かがや》かせた。

「昨日《きのう》はお疲《つか》れさま。すごく感動《かんどう》したよ！　光莉《ひかり》なら絶対《ぜったい》にトップアイドルになれるって思《おも》った。」

「ふふっ。ありがとう。諒《りょう》くんにそう言《い》ってもらえると、すごくうれしいな。」

もう。勝手《かって》に顔《かお》がにやにやしちゃうよ。やだなぁ。

（どうしてこんなにうれしいんだろう。）

ぐっと力《ちから》を入《い》れて顔《かお》を引《ひ》きしめていたら、まじめな表情《ひょうじょう》で諒《りょう》くんが私《わたし》を見《み》つめた。

「これから、きっと大変《たいへん》なこともあると思《おも》う。光莉《ひかり》が輝《かがや》けば輝《かがや》くほど、邪魔《じゃま》する人《ひと》が現《あらわ》れたり、嫉妬《しっと》されたり……。光莉《ひかり》も、誰《だれ》かと自分《じぶん》を比《くら》べてつらくなることもあるかもしれない。」

「……うん。」

諒《りょう》くんは、なにか大切《たいせつ》なことを私《わたし》に伝《つた》えようとしてくれてる。

一言《ひとこと》も聞《き》き逃《のが》したくなくて、私《わたし》はぐっと口《くち》を結《むす》んだ。

「これから先《さき》、光莉《ひかり》はアイドルとして評価《ひょうか》されつづける。売《う》り上《あ》げやコンサートの動員《どういん》数《すう》、人気《にんき》ランキングやSNS《エスエヌエス》のフォロワー数《すう》……常《つね》に誰《だれ》かと比《くら》べられる。でも、どんなときも、光莉《ひかり》は周《まわ》りと自分《じぶん》を比《くら》べなくていいんだよ。俺《おれ》は、『比《くら》べるなら昨日《きのう》の自分《じぶん》』って自分《じぶん》に言《い》い聞《き》かせてるんだ。」

「昨日《きのう》の自分《じぶん》……。」

「そうだよ。**光莉《ひかり》も、昨日《きのう》の自分《じぶん》よりいい仕事《しごと》ができたら、自分《じぶん》に花丸《はなまる》をあげてね。**」

自分《じぶん》で自分《じぶん》に花丸《はなまる》をあげるのかぁ……。

(それって、すごくいいかも！)

昨日《きのう》、劇場《げきじょう》にお花《はな》が届《とど》かなかったことを思《おも》い出《だ》して、納得《なっとく》した。

誰《だれ》かに勝手《かって》に期待《きたい》して、勝手《かって》に傷《きず》つくのはもうやめよう。

自分《じぶん》で自分《じぶん》に花丸《はなまる》をあげればいいんだ！

「ありがとう。うん！　自分《じぶん》に花丸《はなまる》をあげることにする！」

諒《りょう》くんって本当《ほんとう》にすごい。

元気《げんき》になる言葉《ことば》をたくさんくれる。

「私《わたし》、諒《りょう》くんからもらったたくさんの言葉《ことば》を絶対忘《ぜったいわす》れない。お守《まも》りにして、これから先《さき》もがんばるよ！」

「うん。応援《おうえん》してるよ。」

諒《りょう》くんの笑顔《えがお》がまぶしいよ。ずっと見《み》ていたくなる。

応援《おうえん》もすごくうれしい。

うれしいけど……。

「応援《おうえん》してる。」って、諒《りょう》くんはみんなに言《い》ってる。

みんなにやさしい諒《りょう》くんはすごいし、諒《りょう》くんのそういうところが好《す》き。

だけど……。

考《かん》えだしたら、ズキッと胸《むね》が痛《いた》んだ。

(なんで〜⁉)

むむむ。どうして私《わたし》は傷《きず》ついてるんだろう。

みんなにやさしい諒《りょう》くんが好《す》きなはずなのに。

これって……。これってまさか、『嫉妬《しっと》』ってやつだったりする⁉

（わわわ。なんで嫉妬《しっと》するの〜〜？）

『好《す》き』っていっても、友《とも》だちとして、なのに！

初《はじ》めての感情《かんじょう》に戸惑《とまど》って、内心《ないしん》アタフタしてしまう。

こんな気持《きも》ち、初《はじ》めてだよ。

私《わたし》、諒《りょう》くんのやさしさも、笑顔《えがお》も、ひとりじめしたいって思《おも》ってる。

諒《りょう》くんは大切《たいせつ》な友《とも》だちなのに、友《とも》だちじゃイヤなの。

（どうしてこんな気持《きも》ちになるんだろう。わからない……。わからないよ……。）

自分《じぶん》の気持《きも》ちがわからなくて、どうしていいかわからなくて。

気《き》がついたら、ポロポロと涙《なみだ》がこぼれていた。

「えっ。ひ、光莉《ひかり》!?」

「ご、ごめん。どうしてか涙《なみだ》が止《と》まらないの……。」

「どどどうしよう！　俺《おれ》、なにかやらかしちゃった？」

「ううん。ちがうの。私《わたし》もわからなくて……。ぐすっ。」

「わわわっ。光莉《ひかり》、どうしたらいい？」

「どうしよう〜。わかんないよ〜。」

ふたりともアタフタして困《こま》っていたんだけど……。

「ええっと……。腕《うで》を貸《か》す？　胸《むね》を貸《か》す？」

「う〜〜ん。よくわかんないけど、胸《むね》〜〜！」

「わ、わかった！」

次《つぎ》の瞬間《しゅんかん》、焦《あせ》り顔《がお》の諒《りょう》くんが、私《わたし》をぎゅっと抱《だ》きしめた。

（わ〜〜。諒《りょう》くんの腕《うで》の中《なか》、あったか〜い。お日様《ひさま》のにおいがする〜〜。なんだか安心《あんしん》するよ〜。）

諒《りょう》くんの胸《むね》に顔《かお》をぐっと押《お》しつけて、じっとしていたら、ふと思《おも》ったの。

（そっか。私《わたし》、ぎゅってしてほしかったんだ。）

それに気《き》づいたら、また涙《なみだ》が出《で》てきちゃった。

「えっ。ええっ。イヤだった？　ごめん!!」

諒《りょう》くんは、あわててズサ――ッと私《わたし》から離《はな》れた。

「ちがうの。もっとぎゅってしてほしいの。」

「ええぇっ。」

ぶわっと顔《かお》が真《ま》っ赤《か》になった諒《りょう》くんに、私《わたし》はむぎゅっと抱《だ》きついた。

「お願《ねが》い。もう少《すこ》しだけ、ぎゅってしててくれる？」

「わわわわかった！　光莉《ひかり》がイヤじゃなければ。」

「イヤじゃないよ。うれしいよ。」

今《いま》まで、私《わたし》は傷《きず》つかないように、鈍感《どんかん》スイッチを入《い》れていたのかもしれない。

そう気《き》づいたら、誰《だれ》にも言《い》ったことのない心《こころ》の奥《おく》の気持《きも》ちがあふれてきた。

「私《わたし》、双子《ふたご》の妹《いもうと》がいるんだ。別《べつ》の学校《がっこう》に通《かよ》ってるんだけどね。」

「そうだったんだ。知《し》らなかった……。」

「お母《かあ》さんは双子《ふたご》の私《わたし》たちに、平等《びょうどう》にやさしいの。でも、私《わたし》たちが小《ちい》さいころは、体《からだ》が弱《よわ》い妹《いもうと》をいつも抱《だ》っこしてた。しかたがないよね。お父《とう》さんはいないし、お母《かあ》さんはひとりしかいないから。ひとりでふたりをずっと抱《だ》っこするのは大変《たいへん》。だから私《わたし》は、いつも元《げん》気《き》いっぱいの笑顔《えがお》でいたんだ。そうすれば、お母《かあ》さんは安心《あんしん》して妹《いもうと》を……日向《ひなた》ちゃんを抱《だ》っこできるから。」

「……光莉《ひかり》。」

「お母《かあ》さんがいないときは、私《わたし》が日向《ひなた》ちゃんをぎゅってしてあげた。背中《せなか》をトントンってしたら、笑《わら》ってくれるんだよ。日向《ひなた》ちゃんが笑顔《えがお》だと、私《わたし》も笑顔《えがお》になれるんだ。だけど本《ほん》当《とう》は、私《わたし》もぎゅってしてほしかったのかもしれない。」

「……そっか。」

「うん。今《いま》、ようやくそれに気《き》づいたよ。諒《りょう》くん、ありがとう。」

少《すこ》し顔《かお》を上《あ》げた私《わたし》は、ええっ！　って驚《おどろ》いちゃった。

諒《りょう》くんがボロ泣《な》きしてる〜！

「今《いま》までえらかったね、光莉《ひかり》。俺《おれ》でよければ、いつでもぎゅってしてあげるから！」

ボロボロ泣《な》きながらそう言《い》ってくれたけど、私《わたし》は「うん？」と首《くび》をひねった。

「それはすごくうれしいけど……。諒《りょう》くんがみんなに……ほかの女《おんな》の子《こ》にもぎゅってしてると思《おも》うと、なんかこう……お腹《なか》の底《そこ》にマグマが……。」

「マグマ!?」

「うーん。私《わたし》だけぎゅってしてほしいかも。」

「ふおっ⁉」

諒《りょう》くんは真《ま》っ赤《か》な顔《かお》をして、倒《たお》れそうになってる。

(ふふふっ。諒《りょう》くん、かっわい〜。)

なんだか胸《むね》の奥《おく》がムズムズして、キュンって高鳴《たかな》った。

この気持《きも》ちって……。もしかして……。

ふいに、『恋《こい》のラズベリーパイ』の歌詞《かし》が頭《あたま》の中《なか》に浮《う》かんできた。

♪恋《こい》をして、初《はじ》めて知《し》ったの
わた菓子《がし》のように、甘《あま》くてふわふわした気持《きも》ち
ビターチョコのように、ほろ苦《にが》い気持《きも》ち
ラズベリーソースみたいに、キュンと甘酸《あまず》っぱい気持《きも》ち♪

そうだ！　この気持《きも》ちだ！

諒《りょう》くんのことを考《かんが》えると、心《こころ》が甘《あま》くてふわふわしたり、ほろ苦《にが》くなったり、キュンって甘酸《あまず》っぱくなったりする。

これって、つまり……。恋《こい》⁉

（私《わたし》、諒《りょう》くんが好《す》きなんだ！　友《とも》だちの好《す》きじゃなくて、恋《こい》の好《す》きだ……！）

諒《りょう》くんは魔法使《まほうつか》いだと思《おも》ってたけど、ちがった。王子様《おうじさま》だった！

気《き》づいちゃった気持《きも》ちは止《と》められなくて、衝動的《しょうどうてき》に、この想《おも》いを伝《つた》えたくなる。

「私《わたし》、諒《りょう》くんが……。」

だけど、肝心《かんじん》の「好《す》き。」を言《い》う前《まえ》に、諒《りょう》くんは私《わたし》のくちびるに人差《ひとさ》し指《ゆび》をあてた。

「ストップ！　それ以上《いじょう》はダメ。言《い》っちゃダメ。」

「えぇ……。なんで？」

目《め》をぱちくりさせて、頬《ほお》を赤《あか》らめてる諒《りょう》くんを見《み》つめる。

「光莉《ひかり》はトップアイドルになりたいんだよね？」

「うん！」

「じゃあ、言《い》っちゃダメ。」

「そんなぁ〜。」

うちの事務所《じむしょ》、恋愛禁止令《れんあいきんしれい》はないんだけどなぁ。

はっきりと言《い》われてないだけで、アイドルに恋《こい》は厳禁《げんきん》ってことなのかな。シュンとしちゃうよ。

(でも……。こんなことであきらめる私《わたし》じゃないもん♪)

私《わたし》はにやっと笑《わら》って、諒《りょう》くんにつめよった。

「じゃあ、もっともっとも～っとがんばって、トップアイドルになれたら言《い》ってもいい？」

「ええっ。そ、それは……。」

目《め》を泳《およ》がせてもごもご言《い》ってる諒《りょう》くんがかわいくて、胸《むね》キュンが止《と》まらないよ～！

「決《き》めた！　私《わたし》、絶対《ぜったい》にトップアイドルになる。で、ほしいものを手《て》に入《い》れるんだ～。うふふ。」

「ほしいものって……。」

「諒《りょう》くんのハートだよっ！　絶対《ぜったい》に幸《しあわ》せにするから！」

パチンとウインクすると、諒《りょう》くんは真《ま》っ赤《か》な顔《かお》を両手《りょうて》でガバッと隠《かく》した。

「ひ、光莉《ひかり》って意外《いがい》と頑固《がんこ》なんだね。」

「諒《りょう》くんもね。だけど、いつまでもつかな～。私《わたし》、こうと決《き》めたら一直線《いっちょくせん》なの！　覚悟《かくご》し

てね♡」

ふっふっふ〜。宣戦布告《せんせんふこく》しちゃったもんね。

この恋《こい》、絶対《ぜったい》に絶対《ぜったい》にあきらめないんだから！

「あぁぁ……。もうすでにムリ。かわいくてしんどい……。」

諒《りょう》くんのつぶやきは、初恋《はつこい》に燃《も》える私《わたし》の耳《みみ》には届《とど》かなかったのでした。

14 エピローグ

「じゃあ、みんな、気《き》をつけて帰《かえ》るんだよ。」
担任《たんにん》のおじいちゃん先生《せんせい》の言葉《ことば》に、ハッとわれに返《かえ》る。
アイドルデビューのころを思《おも》い出《だ》していたら、あっというまに放課後《ほうかご》になっていた。
(いけない。ぼんやりしちゃってた！)
今日《きょう》は日向《ひなた》ちゃんと入《い》れ替《か》わって旭《あさひ》ケ丘《がおか》中《ちゅう》に来《き》てるんだから、しっかりしなきゃ！
それにしても、アイドルになるって決《き》めてからいろいろあったなぁ。
あのころから、私《わたし》はずっと諒《りょう》くんに助《たす》けてもらってる。
諒《りょう》くんからもらった言葉《ことば》は、今《いま》でも私《わたし》を支《ささ》えてくれる宝物《たからもの》でお守《まも》りなんだ。
デビューから二年半《ねんはん》。
目標《もくひょう》にしていた『ベストアーティスト賞《しょう》』も取《と》れた。
私《わたし》には友《とも》だちがいないんだって、悲《かな》しくなったときもあったけど……。

壱弥《いちや》にりりあ、あーちゃんに陸《りく》……大好《だいす》きな友《とも》だちもできた。

(りりあとあーちゃんと仲良《なかよ》くなれたのは、日向《ひなた》ちゃんのおかげだよね。)

今《いま》では、諒《りょう》くんとラブラブな毎日《まいにち》で、とっても幸《しあわ》せだよ。

諒《りょう》くんとカレカノになれるまでにはいろいろあったし、壱弥《いちや》との出会《であ》いも衝撃的《しょうげきてき》だったんだけど。

(今《いま》でも、デビューイベントのことは忘《わす》れない。)

年《ねん》に一回開催《かいかいさい》してるシークレットイベントの定員《ていいん》が三十人《にん》なのは、デビューイベントに来《き》てくれた人数《にんずう》だからなんだ。

去年《きょねん》のシークレットイベントは、熱《ねつ》を出《だ》しちゃって日向《ひなた》ちゃんにお願《ねが》いしたけど……。

今年《ことし》は絶対《ぜったい》に、直接《ちょくせつ》ファンのみんなに感謝《かんしゃ》を伝《つた》えよう!

そのとき、陸《りく》とあーちゃんが私《わたし》の席《せき》にやってきた。

「日向《ひなた》、帰《かえ》ろうか。」

「何事《なにごと》もなくてよかったね。」

「うん! あーちゃん、陸《りく》、ありがとう。とっても楽《たの》しかったよ。」

奈子《なこ》ちゃんは……、またリップを塗《ぬ》ってうっとりしてる。

ふふふ。今日《きょう》は本当《ほんとう》に楽《たの》しかったな。

(奈子《なこ》ちゃん、またね。)

心《こころ》の中《なか》で手《て》を振《ふ》って、あーちゃんと陸《りく》といっしょに教室《きょうしつ》を出《で》る。

さて、帰《かえ》って光莉《ひかり》に戻《もど》ろう。

日向《ひなた》ちゃんに、壱弥《いちや》と会《あ》えたか聞《き》かなくちゃ。

(悩《なや》みがなくなってるといいな。)

私《わたし》ね、いつか日向《ひなた》ちゃんとステージで共演《きょうえん》したいんだ。

それまで、私《わたし》もがんばらなきゃね。

元気《げんき》いっぱいになった日向《ひなた》ちゃんに会《あ》えることを願《ねが》いながら、私《わたし》は旭《あさひ》ヶ《が》丘中学校《おかちゅうがっこう》に背《せ》を向《む》けて歩《ある》きだした。

壱弥編《いちやへん》

念願《ねんがん》の水族館《すいぞくかん》デート

待《ま》ち合《あ》わせ時間《じかん》の五分前《ふんまえ》。
指定《してい》したビルのベンチにはすでに日向《ひなた》の姿《すがた》があって、思《おも》わず笑《え》みがこぼれた。
今日《きょう》は念願《ねんがん》の水族館《すいぞくかん》デート。
念願《ねんがん》といっても、俺《おれ》がずっと行《い》きたがってただけなんだけど。
小《ちい》さいころから好《す》きな場所《ばしょ》に、日向《ひなた》といっしょに行《い》きたいっていう俺《おれ》のワガママ。
それなのに、「楽《たの》しみだね。」って笑顔《えがお》で言《い》ってくれる最高《さいこう》にやさしい子《こ》だ。
俺《おれ》はそんな日向《ひなた》のことが、控《ひか》えめに言《い》って好《す》きすぎる。
人《ひと》ごみにまぎれて様子《ようす》をうかがうと、日向《ひなた》は緊張《きんちょう》した面持《おもも》ちでそわそわしていた。
スマホを見《み》て、腕時計《うでどけい》を見《み》て、周《まわ》りをきょろきょろ見《み》て、深呼吸《しんこきゅう》を繰《く》り返《かえ》す。
「かわいすぎだろ……。」
思《おも》わず口《くち》からもれた言葉《ことば》は、周《まわ》りのざわめきに消《き》えていく。

俺《おれ》を待《ま》ってドキドキしてる姿《すがた》がかわいすぎて、永遠《えいえん》に見《み》ていたいくらいだ。

とはいえ、日向《ひなた》をひとりで待《ま》たせるのは危険《きけん》だ。

マスクと帽子《ぼうし》とサングラスで変装《へんそう》をしてるけれど、『相沢日向《あいざわひなた》』だと気《き》づくやつがいるかもしれないから。

ウインクでバズってから……いや、日向《ひなた》がオーディションにエントリーすると決《き》めたときから、俺《おれ》は心配《しんぱい》でしかたがない。

ナンパされるかもしれないし、ストーカーが狙《ねら》ってるかもしれない。

誘拐《ゆうかい》されるなんてことがあったら大変《たいへん》だ。

（そろそろ行《い》くか。）

そわそわしてる日向《ひなた》に、ゆっくりと近《ちか》づいていく。

（あー。今日《きょう》もかわいいな。）

変装《へんそう》していても、かわいさが隠《かく》しきれてない。

どんな服《ふく》でもどんな髪型《かみがた》でもかわいいけれど、今日《きょう》はさらにかわいい。

あいつのことだから、すげー悩《なや》んで選《えら》んだデートコーデなんだろうな。

そう思《おも》うと、いじらしくて口元《くちもと》がゆるんでしまいそうになる。

(あ、気《き》づいた。)

目《め》が合《あ》った瞬間《しゅんかん》、日向《ひなた》の表情《ひょうじょう》がぱっと明《あか》るくなった。

小《ちい》さく手《て》を振《ふ》る日向《ひなた》に、手《て》を振《ふ》り返《かえ》す。

「待《ま》たせたな。」

「ううん。今来《いまき》たところだよ。」

花火大会《はなびたいかい》のときもそう言《い》ってた。

あのときも、こうやって俺《おれ》を待《ま》っていたんだろうか。

でも、花火大会《はなびたいかい》は、あの陸《りく》とかいう幼《おさな》なじみに邪魔《じゃま》されたからな。

今日《きょう》は誰《だれ》にも邪魔《じゃま》されないように、手《て》は打《う》ってある。

「行《い》くか。」

「うん!」

ベンチに座《すわ》る日向《ひなた》に手《て》を差《さ》し出《だ》すと、戸惑《とまど》った顔《かお》で俺《おれ》を見《み》つめた。

ああ、人混《ひとご》みで手《て》をつないでもだいじょうぶか心配《しんぱい》してるのか。

きっと、自分《じぶん》のことよりも、俺《おれ》のことを心配《しんぱい》してるんだろうな。

（まぁ、用心《ようじん》しておいたほうがいいか。）

バカップルの熱愛報道《ねつあいほうどう》は落《お》ち着《つ》いたとはいえ、日向《ひなた》はまだ注目《ちゅうもく》されてる。

トップアイドル光莉《ひかり》の双子《ふたご》の妹《いもうと》で、オーディション番組《ばんぐみ》を勝《か》ち抜《ぬ》いた『kira《キラ》-kira《キラ》』のメンバーだ。

どこで記者《きしゃ》やパパラッチが狙《ねら》っているかわからない。

俺《おれ》との熱愛報道《ねつあいほうどう》が出《で》てしまったら、大変《たいへん》なことになる。

間違《まちが》いなく兄貴《あにき》がすっ飛《と》んでくるだろう。

兄貴《あにき》だけならまだいい。親父《おやじ》が動《うご》いたら……。

（そうなったら最悪《さいあく》だ。俺《おれ》も日向《ひなた》も芸能界《げいのうかい》にいられなくなる。）

周《まわ》りの目《め》なんて気《き》にせず、いっしょにいる時間《じかん》を楽《たの》しめたらいいのに。

（水族館《すいぞくかん》の入《い》り口《ぐち》に行《い》くまでの辛抱《しんぼう》だ。）

自分《じぶん》にそう言《い》い聞《き》かせ、俺《おれ》は差《さ》し出《だ》した手《て》を引《ひ》っこめた。

水族館《すいぞくかん》の入《い》り口《ぐち》は、一見《いっけん》するとアートギャラリーのようになっている。

日向《ひなた》は不思議《ふしぎ》そうにしながらも、俺《おれ》についてきた。

「ここだ。」

「へぇ～！　ここが水族館《すいぞくかん》の入《い》り口《ぐち》なんだね。オシャレだね。」

都心《としん》のファッションビルの中《なか》にひっそりと作《つく》られた、会員制《かいいんせい》の小《ち》さな水族館《すいぞくかん》だ。

会員以外《かいいんいがい》には知《し》られていないし、入《い》り口《ぐち》もわかりにくくなっている。

ここなら誰《だれ》にも邪魔《じゃま》されずに、ふたりきりで過《す》ごせる。

「やっと来《こ》られたな。」

「うん！」

ようやく日向《ひなた》といっしょに来《こ》られた水族館《すいぞくかん》。

俺《おれ》も日向《ひなた》も、春休《はるやす》みはスケジュールがつまっていて、正直来《しょうじきこ》られないかと思《おも》ったけど。

どうしても新学期《しんがっき》が始《はじ》まる前《まえ》に来《き》たくて、日向《ひなた》のマネージャーにさりげなく探《さぐ》りを入《い》れて休《やす》みの日《ひ》を把握《はあく》し、マネージャーの松田《まつだ》さんにムリを言《い》って俺《おれ》のスケジュールを調整《ちょうせい》してもらった。

「楽《たの》しみだな～。壱弥《いちや》のお気《き》に入《い》りの場所《ばしょ》なの？」

「そう。だから、いっしょに来《き》たかった。」

「そ、そうなんだ。ありがとう。うれしいよ。」

いちいち反応《はんのう》がかわいすぎるだろ。

マスクで笑顔《えがお》がちゃんと見《み》られないのが残念《ざんねん》だけど、中《なか》に入《はい》れば変装《へんそう》は解《と》ける。

周《まわ》りに人《ひと》がいないのを確認《かくにん》し、日向《ひなた》の手《て》を取《と》って水族館《すいぞくかん》に入《はい》った。

「わ～～。すごい～！　きれいだね。」

日向《ひなた》は色《いろ》とりどりの魚《さかな》たちが泳《およ》ぐ水槽《すいそう》を見《み》て、目《め》を輝《かがや》かせた。

「きれいだな。」

「こんな穴場《あなば》の水族館《すいぞくかん》があるんだね～。知《し》らなかった。」

「看板《かんばん》とか出《だ》してないから、あまり知《し》られてない。」

「あ、たしかに！」

日向《ひなた》はなにかを見《み》つけたらしく、円柱状《えんちゅうじょう》の水槽《すいそう》に向《む》かっていった。

「わ……。クラゲだ～。きれいだね。何時間《なんじかん》でも見《み》てられるよ。」

その言葉《ことば》どおり水槽《すいそう》の中《なか》のクラゲをじ――っと見《み》てる。

三分経過《ぷんけいか》し、五分《ふん》が経過《けいか》しても、まだ見《み》てる。

(そんなにクラゲが好《す》きなのか？)

俺《おれ》もこの水槽《すいそう》が一番好《いちばんす》きなんだけど。

「放《ほう》っておいたら本当《ほんとう》に何時間《なんじかん》でも見《み》てそうだな。」

わからないでもない。

小《ちい》さな子《こ》どもだったころの自分《じぶん》の姿《すがた》が、日向《ひなた》と重《かさ》なる。

(でも、今日《きょう》は俺《おれ》だけを見《み》てほしい。)

イタズラ心《ごころ》とひとりじめしたい気持《きも》ちがふくらんできて、日向《ひなた》の耳《みみ》にくちびるを寄《よ》せた。

「クラゲもいいけど、俺《おれ》のことも見《み》てよ。」

「……うっ。」

ズサッと飛《と》びすさった日向《ひなた》は、真《ま》っ赤《か》な顔《かお》で固《かた》まっている。

かわいすぎて思《おも》わず笑《わら》ってしまった。

「もう。ほかのお客《きゃく》さんに見《み》られたら大変《たいへん》だよ。」

どこにいるかわからない記者《きしゃ》を警戒《けいかい》しているのか、日向《ひなた》は周《まわ》りを注意深《ちゅういぶか》く見《み》てる。

(誰《だれ》もいねぇよ。今日《きょう》は、俺《おれ》と日向《ひなた》しか入《はい》れないから。)

心《こころ》の中《なか》でつぶやいて、俺《おれ》は変装用《へんそうよう》のマスクと帽子《ぼうし》とメガネを取《と》った。

「い、壱弥《いちや》!?」

「ほかの客《きゃく》は来《こ》ないからだいじょうぶ。日向《ひなた》も変装《へんそう》しなくていいよ。」

「へ?」

水族館《すいぞくかん》に俺《おれ》たち以外誰《いがいだれ》もいないことに気《き》づいたみたいだ。

不思議《ふしぎ》そうな顔《かお》でキョロキョロしてる。

「ここ、今日一日《きょういちにち》、貸《か》しきりにしたから。」

「えええ!?」

想像《そうぞう》どおりのリアクションがおもしろすぎて、本音《ほんね》が出《で》てきた。

「誰《だれ》にも邪魔《じゃま》されないで、日向《ひなた》とふたりきりで楽《たの》しみたかったから。」

「……ありがとう。うれしいよ。」

はにかんだ笑顔《えがお》を見《み》ると、心《こころ》が満《み》たされていく。

幸《しあわ》せをかみしめながら、ゆっくりと水族館《すいぞくかん》を見《み》てまわった。

「……っ。」

ふいに、日向《ひなた》が俺《おれ》の手《て》をぎゅっと握《にぎ》った。

不安《ふあん》げな表情《ひょうじょう》が気《き》になるけれど……。

『kira《キラ》－kira《キラ》』のメンバーになった日向《ひなた》は、新学期《しんがっき》からステラ学園《がくえん》に転校《てんこう》してくることになった。

それだけ環境《かんきょう》が変《か》われば、不安《ふあん》になるのはあたりまえだ。

(だいじょうぶだ。どんなことがあっても、守《まも》るから。)

俺《おれ》は無言《むごん》で日向《ひなた》の手《て》を握《にぎ》り返《かえ》した。

ホッとしたような笑顔《えがお》に安堵《あんど》して、つい本音《ほんね》がこぼれた。

「日向《ひなた》といっしょに来《こ》られてよかった。」

日向《ひなた》は照《て》れくさそうに笑《わら》いながらうなずいた。

「私《わたし》もだよ。とってもステキな水族館《すいぞくかん》に連《つ》れてきてくれてありがとう。」

「まぁ、ちょっと小《ちい》さいけどな。」

「そんなことないよ。大切《たいせつ》な場所《ばしょ》に連《つ》れてきてもらえてすごくうれしいし、壱弥《いちや》といると、どんな場所《ばしょ》も特別《とくべつ》に感《かん》じるから。」

「……っ。」

あー――、それは反則《はんそく》だろ。どんだけかわいいこと言《い》うんだよ。

「……そうだな。また来《こ》よう。」

「うん！」

これから先《さき》もずっと、この笑顔《えがお》を見《み》ていたいと心《こころ》から思《おも》った。

(この手《て》を離《はな》さない。絶対《ぜったい》に、なにがあっても。すべてを失《うしな》っても……。)

ひそかに決意《けつい》をして、日向《ひなた》に笑顔《えがお》を向《む》けた。

俺《おれ》たちは、静《しず》かで幻想的《げんそうてき》な水族館《すいぞくかん》を歩《ある》きながら、ふたりきりの時間《じかん》を楽《たの》しんだ。

あーちゃん編《へん》

推《お》し活《かつ》と友情《ゆうじょう》と青春《せいしゅん》と。

春休《はるやす》みが終《お》わり、私《わたし》は二年生《ねんせい》になった。

新《あたら》しい教室《きょうしつ》。新《あたら》しいクラスメイト。新《あたら》しい担任《たんにん》の先生《せんせい》。

新《あたら》しい生活《せいかつ》と変化《へんか》を、みんなあたりまえのように受《う》け入《い》れてる。

「おはよ～。同《おな》じクラスでうれしい～！」

「私《わたし》もだよ～。また一年《ねん》よろしくね！」

見慣《みな》れないクラスメイトたちの会話《かいわ》を聞《き》き流《なが》しながら、私《わたし》はスマホの中《なか》でほほ笑《え》むうるわしい推《お》しを見《み》つめた。

「みんな～。おはよう。ごきげんよう～～。」

クラス替《が》えをしたのに、また奈子《なこ》と同《おな》じクラス。まぁいいんだけど。

でも……。

この学校《がっこう》に、日向《ひなた》はもういない。

次《つぎ》の日《ひ》のお昼休《ひるやす》み。私《わたし》はひとり、屋上《おくじょう》で空《そら》を見上《みあ》げていた。
どんよりと重《おも》い曇《くも》り空《ぞら》みたいな気持《きも》ちなのに、泣《な》きたくなるほど空《そら》が青《あお》い。
「はぁ〜……。」
大親友《だいしんゆう》の日向《ひなた》がステラ学園《がくえん》に転校《てんこう》してしまった。
さみしさは、なかなかぬぐえない。
この先《さき》ずっと、日向《ひなた》がいない空白《くうはく》を、私《わたし》はどううめていけばいいんだろう。
「日向《ひなた》は今日《きょう》から新学期《しんがっき》って言《い》ってたな……。友《とも》だちできたかな。」
なんてつぶやいちゃったけど、私《わたし》が心配《しんぱい》しなくてもだいじょうぶだよね。
クラスはちがっても、学校《がっこう》には光莉《ひかり》もいるんだし。
(日向《ひなた》のことよりも自分《じぶん》の心配《しんぱい》しなよ。私《わたし》、クラスになじめてないじゃん。)
友《とも》だちの作《つく》り方《かた》、忘《わす》れちゃったみたい。
日向《ひなた》とは、入学式《にゅうがくしき》の日《ひ》に自然《しぜん》と話《はな》すようになってたから。
あの日《ひ》……。私《わたし》のスマホの待《ま》ち受《う》け画面《がめん》でほほ笑《え》む壱弥《いちや》と、カバンにつけてる光莉《ひかり》のキーホルダーを、日向《ひなた》がじーっと見《み》てた気《き》がしたんだ。

なんとなく光莉《ひかり》に似《に》てるし、この子《こ》もファンなのかも！　ってうれしくなって、思《おも》いきって声《こえ》をかけたんだよね。

『えっ。あ、ご、ごめんなさい。ちがうの。アイドルとか、芸能人《げいのうじん》とか、ぜんぜんわからなくて……。』

日向《ひなた》はあわてながら、申《もう》し訳《わけ》なさそうに首《くび》をすくめた。

好《す》きなものは好《す》きって言《い》おう！　むしろ推《お》しを布教《ふきょう》しよう！

……って意気《いき》ごんで、推《お》しグッズを装備《そうび》して入学式《にゅうがくしき》に来《き》たものの、みんなの視線《しせん》が冷《つめ》たい気《き》がして。

あ〜、私《わたし》、さっそく浮《う》いちゃってる。新生活《しんせいかつ》だからって張《は》りきりすぎたわ。無難《ぶなん》に普通《ふつう》にしておけばよかった。大失敗《だいしっぱい》……って落《お》ちこみそうになっていたら。

『よくわかんないんだけど、ステキだね！　キラキラしてる。』

そう言《い》ってくれた日向《ひなた》の瞳《ひとみ》が、すごくキラキラしていて。

私《わたし》の心《こころ》の中《なか》も、キラキラしはじめたんだ。

それから、日向《ひなた》はいつもキラキラした瞳《ひとみ》で、私《わたし》の荒《あら》ぶる推《お》しトークを聞《き》いてくれた。

アイドルに興味《きょうみ》ないのに、なんていい子《こ》なんだろうって思《おも》ってたんだけど。

(今《いま》ならわかるよ。日向《ひなた》が私《わたし》の推《お》したちを見《み》て、目《め》を輝《かがや》かせてた理由《りゆう》！)

実《じつ》は、日向《ひなた》は光莉《ひかり》の双子《ふたご》の妹《いもうと》で、光莉《ひかり》のことが大好《だいす》き。

さらに、重度《じゅうど》の隠《かく》れ壱弥《いちや》ファンだったなんてね。

自分《じぶん》のことをあまり話《はな》さない日向《ひなた》が、私《わたし》に秘密《ひみつ》を教《おし》えてくれた。それがとってもうれしかった。

「さみしいけど、一生《いっしょう》のお別《わか》れじゃないんだし。元気出《げんきだ》そうよ。」

そうつぶやいてみたら、ちょっと前向《まえむ》きになれた気《き》がした。

「よし。パワー充電《じゅうでん》しよっと！」

スマホを取《と》り出《だ》して、お昼休《ひるやす》みの恒例行事《こうれいぎょうじ》、推《お》したちのSNS《エスエヌエス》チェックを始《はじ》める。

まずは光莉《ひかり》。

主演映画《しゅえんえいが》の撮影《さつえい》、進《すす》んでるみたい。早《はや》く観《み》たいなぁ～。あっ。衣装《いしょう》かわいい～！

さすが元《もと》キッズモデル。服《ふく》の見《み》せ方《かた》も着《き》こなしも上手《じょうず》なんだよね～。

次《つぎ》は壱弥《いちゃ》。

うわわっ。新曲《しんきょく》出《で》るんだ！　えっ、『アイドルフェス東京《とうきょう》』で初披露《はつひろう》するの!?

やば〜〜〜！　ドルフェスは、ゴールデンウィーク中《ちゅう》に開催《かいさい》される大《おお》きなイベントなの。絶対《ぜったい》行《い》きたい！　はっ！　メインステージのチケットの抽選申《ちゅうせんもう》しこみスタート、今日《きょう》じゃん！　しかも十分後《ぷんご》！　気《き》づいてよかった！　壱弥《いちゃ》のチケット、申《もう》しこまなきゃ！

去年《きょねん》は壱弥《いちゃ》のメインステージのチケットにアクセスが集中《しゅうちゅう》しすぎて、ドルフェスのサーバーがダウンしちゃったんだよね。今年《ことし》はつながりますように！

抽選申《ちゅうせんもう》しこみ開始時間《かいしじかん》まで、もう一つだけSNS《エスエヌエス》チェックしよう。

最近推《さいきんお》しになったアイドルグループ。日向《ひなた》がいる『kira《キラ》-kira《キラ》』！

ふんふん。レッスンがんばってるんだね〜。壱弥《いちゃ》のコンサートで初《はつ》お披露目《ひろめ》したときの白《しろ》い衣装《いしょう》、何度見《なんどみ》てもかわいいな〜。ミーナも愛梨《あいり》も日向《ひなた》も、キラキラしててかっこいい。三人《にん》とも根《ね》がまじめで一生懸命《いっしょうけんめい》なのが伝《つた》わってくるんだよね。応援《おうえん》したくなるんだ！

日向《ひなた》には、ずっとこのまま初々《ういうい》しくて一生懸命《いっしょうけんめい》なアイドルでいてほしい気《き》もするけれど、オーラと貫禄《かんろく》がバシバシ出《で》てるようなトップアイドルになってほしい気持《きも》ちもある。

（……なんて、すっかりkira《キラ》－kira《キラ》の魅力《みりょく》にハマってるな。）

kira《キラ》－kira《キラ》の公式《こうしき》SNS《エスエヌエス》で見《み》る日向《ひなた》は、慣《な》れてない感《かん》じが日向《ひなた》らしくてかわいいんだけど、どんどんきれいに、キラキラなアイドルの顔《かお》になってきてる。

一年後《ねんご》には、手《て》の届《とど》かない人《ひと》になっていそう。

（ずっと友《とも》だちだよって言《い》ってくれたけど……。日向《ひなた》は変《か》わってしまうかもしれない。）

いや、変《か》わってあたりまえだよね。日向《ひなた》は芸能人《げいのうじん》で、私《わたし》は一般人《いっぱんじん》なんだから。

春休《はるやす》み中《ちゅう》、日向《ひなた》のお家《うち》に招《まね》いてもらったからって、勘違《かんちが》いしちゃダメだよ。

あの日《ひ》は、日向《ひなた》と光莉《ひかり》と私《わたし》で、夢《ゆめ》のような時間《じかん》を過《す》ごしたんだ。

『あーちゃん、別々《べつべつ》の学校《がっこう》になっても、友《とも》だちでいてくれる？』

なんて言《い》ってくれるから、号泣《ごうきゅう》しちゃって。

お互《たが》い本音《ほんね》を話《はな》して、ずっとずっと友《とも》だちだよって言《い》い合《あ》って、泣《な》き笑《わら》いをしながらぎゅーって抱《だ》きしめ合《あ》った。

『またいっしょにコンサート行《い》こう！』

そう言《い》ってくれた。

いっしょに壱弥《いちや》のコンサートに行《い》きたいけれど、社交辞令《しゃこうじれい》かもしれないよね。日向《ひなた》は、相手《あいて》の気持《きも》ちを考《かんが》えられるやさしい子《こ》だから。

(もうちがう世界《せかい》の人《ひと》なんだから、わきまえたほうがいいかもしれない。メッセージを送《おく》るのもひかえよう。)

空《そら》を仰《あお》いで、ふーっと息《いき》を吐《は》き出《だ》していたら。

「なにしょぼくれてんのよ。うっとうしい。」

容赦《ようしゃ》のない言葉《ことば》が背中《せなか》に突《つ》き刺《さ》さってきて、思《おも》わず振《ふ》り向《む》いた。

「相変《あいか》わらず失礼《しつれい》だね、奈子《なこ》は。」

「なによ。日向《ひなた》がいなくてさみしいんでしょ？　ちょっとだけ心配《しんぱい》で様子《ようす》を見《み》に来《き》てあげたのに。感謝《かんしゃ》してほしいくらいだわ。」

「それ、自分《じぶん》で言《い》っちゃうところが奈子《なこ》だよね。」

あきれちゃうけど、なぜか心《こころ》が少《すこ》しだけ弾《はず》んでる。

(私《わたし》も奈子《なこ》くらい強《つよ》くなってみたいものだわ。)

思《おも》わず笑《わら》うと、奈子《なこ》はほんの少《すこ》しホッとした顔《かお》をした。

だけど、すぐにいつもの意地悪《いじわる》な笑《え》みを浮《う》かべる。

「私《わたし》もステラ学園《がくえん》に転校《てんこう》しちゃおうかな～。」

「はぁ？　日向《ひなた》を利用《りよう》して壱弥《いちや》に接近《せっきん》しようとしてるでしょ！」

「あたりまえじゃない！」

「最悪《さいあく》～。ほんとありえない。ていうか、そんなの絶対《ぜったい》に許《ゆる》さないから。」

「別《べつ》に亜澄《あすみ》に許《ゆる》してもらわなくてもいいわよ。」

「ていうか、ステラ学園《がくえん》の一般《いっぱん》クラスはお嬢様《じょうさま》と御曹司《おんぞうし》ばかりなんでしょ？　学費《がくひ》が超《ちょう》お高《たか》いらしいから私《わたし》にはムリだけど、奈子《なこ》お嬢様《じょうさま》なら転校《てんこう》できるんじゃありませんこと？」

「そうねぇ～。パパにお願《ねが》いして本気《ほんき》で転校《てんこう》しちゃおうかしら～。」

「……あっそ。」

奈子《なこ》なら本当《ほんとう》に転校《てんこう》しちゃいそうだ。

(みんないなくなっちゃうんだな……。陸《りく》だって、急《きゅう》にどっかに行《い》っちゃったし。)

陸《りく》は、急《きゅう》きょ春休《はるやす》み中《ちゅう》に引《ひ》っ越《こ》しすることになったみたい。

旭《あさひ》ケ丘《がおか》中《ちゅう》のアイドルが突然転校《とつぜんてんこう》してしまったという悲報《ひほう》が、昨日《きのう》、学校中《がっこうじゅう》を駆《か》け巡《めぐ》った。

【陸《りく》：急《きゅう》に転校《てんこう》することになったんだ。あいさつもできなくてごめん。短《みじか》い間《あいだ》だったけど楽《たの》しかったよ。またどこかで会《あ》おうね！】

昨日《きのう》、そんなメッセージが私《わたし》と奈子《なこ》に届《とど》いた。

アメリカに戻《もど》っちゃったのかな。

めまぐるしく周《まわ》りが変化《へんか》していて、なんだかついていけないよ。

私《わたし》だけ取《と》り残《のこ》されてるみたいな気分《きぶん》で、焦《あせ》ってしまう。

（意地悪《いじわる》でイヤな子《こ》だけど、奈子《なこ》までいなくなっちゃったら……。さすがにさみしい。）

なんだかんだ言《い》って、奈子《なこ》とはアイドルの趣味《しゅみ》が合《あ》うから、いっしょに推《お》し活《かつ》ができて楽《たの》しいのに。

勝手《かって》に行《い》けば！　って虚勢《きょせい》をはることもできなくて、不本意《ふほんい》ながらシュンとしていたら。

「なーんてね。行《い》くわけないでしょ。」

「はっ？」

あっけらかんと笑《わら》う奈子《なこ》がわけわからなすぎて、思《おも》わず三度見《さんどみ》をした。

こやつの生態《せいたい》が本当《ほんとう》にわからぬ。もはや宇宙人《うちゅうじん》だ。

ジトッとした目《め》で見《み》ていたら、奈子《なこ》はふんっと鼻《はな》で笑《わら》った。

「私《わたし》が転校《てんこう》できるのは一般《いっぱん》クラスでしょ。日向《ひなた》は芸能《げいのう》コースB《ビー》クラス、壱弥《いちや》と光莉《ひかり》は芸能《げいのう》コースの中《なか》でも選《えら》ばれた人《ひと》だけが入《はい》れる特A《とくエー》クラスにいるのよ。芸能B《げいのうビー》クラスと一般《いっぱん》クラスは校舎《こうしゃ》がいっしょだけど、特A《とくエー》は離《はな》れていてぜんぜん接点《せってん》ないのよね～。日向《ひなた》には会《あ》えても、壱弥《いちや》に会《あ》うのは難《むずか》しいわ。それに……ステラ学園《がくえん》には推《お》し活仲間《かつなかま》がいないじゃない。」

「えっ。」

いつもの自慢話《じまんばなし》かと思《おも》ってスルーしかけてたけど、最後《さいご》なんて言《い》った？

「しかたがないから、ここにいてあげるわよ。推《お》しが増《ふ》えたんだし。これからも、光莉《ひかり》と壱弥《いちや》とｋｉｒａ《キラ》－ｋｉｒａ《キラ》を全力《ぜんりょく》で推《お》すわよ！」

「……奈子《なこ》ぉ～～。」

なんなの!?　めっちゃいい子《こ》じゃん！

感動《かんどう》でぐっと胸《むね》が熱《あつ》くなって、うるうるしちゃった。

……なのに。奈子《なこ》は冷《さ》めた目《め》で私《わたし》を見《み》た。

「あ、この際《さい》だから言《い》っておくけど、私《わたし》、同担拒否《どうたんきょひ》だから。」

「はぁ〜〜〜？　なにそれ！」

「推《お》しが同《おな》じ人《ひと》とは交流《こうりゅう》しないってこと。私《わたし》の推《お》しは光莉《ひかり》と壱弥《いちや》とkira《キラ》-kira《キラ》。亜澄《あすみ》もまったく同《おな》じじゃない。つまり、あんたとは推《お》しトークしないから。ていうか、『同担拒否《どうたんきょひ》』って知《し》らないの？」

「いや、言葉《ことば》の意味《いみ》は知《し》ってるから！　たった今《いま》、『推《お》し活仲間《かつなかま》』って言《い》ってたじゃん！」

「あんたのことだとは言《い》ってないでしょー。」

「はい、照《て》れ隠《かく》し〜〜〜。素直《すなお》になりなよ。とりあえず、ドルフェスのチケット、全力《ぜんりょく》で申《もう》しこむよっ！」

「はっ！　そうだったわ！　チケットの抽選《ちゅうせん》申《もう》しこみスタート時間《じかん》じゃない！」

奈子《なこ》といっしょに、ドキドキしながら申《もう》しこみページをタップする。

よし、つながった！　このままサーバーがダウンしませんように〜。

「あ！　光莉《ひかり》もメインステージに出演《しゅつえん》するって！」

「あたりまえでしょ。光莉《ひかり》がドルフェスに出《で》ないわけないじゃない〜。」

楽《たの》しみだけど、倍率高《ばいりつたか》そう〜。私《わたし》にも奈子《なこ》にもチケットがご用意《ようい》されますように〜！

そういえば、入学式《にゅうがくしき》に推《お》しグッズ全開《ぜんかい》で登校《とうこう》して、ちょっと浮《う》いていた私《わたし》に声《こえ》をかけてくれたのは、奈子《なこ》だったな。


「あらっ！　光莉《ひかり》のキーホルダーじゃないっ！」

「あ、うん。」

うわ〜〜。ハデめな一軍女子《ぐんじょし》に声《こえ》かけられちゃった。

オタクだのキモいだの意地悪《いじわる》を言《い》われちゃうかなって、内心《ないしん》びくびくしたんだけど。

「さっすが光莉《ひかり》！　私《わたし》の推《お》しはみんなに愛《あい》されているのね！」

「えっ。光莉《ひかり》のファンなの？」

「そうよ〜。ファンクラブナンバー、5555番《ばん》なんだから〜！」

「そ、そうなんだ。」

すごいドヤ顔《がお》してるけど、555番《ばん》のすごさがイマイチわかんないの私《わたし》だけ？

「そのキーホルダーは、光莉《ひかり》のコンサートの物販《ぶっぱん》で売《う》ってるやつね。そんなにレアじゃないけど、かわいいわよね。で〜も〜、この前渋谷《まえしぶや》で開催《かいさい》してた、光莉《ひかり》の期間限定《きかんげんてい》コラボカフェでしか買《か》えない限定《げんてい》キーホルダー、私《わたし》は全種類《ぜんしゅるい》持《も》ってるのよ〜〜。おほほほ〜〜！」

「そ、そうなんだ。いいね。」

「いいでしょ〜。明日《あした》、特別《とくべつ》に見《み》せてあげてもいいわよ〜。絶対《ぜったい》に触《さわ》らないって約束《やくそく》してちょうだいね。」

「いやいや、持《も》ってきてもらわなくてもいいよ。大切《たいせつ》なものだから。」

「遠慮《えんりょ》しなくてもいいのよっ。同《おな》じクラスになったよしみだから。あ、でも。これだけは言《い》っておくわ。私《わたし》、同担拒否《どうたんきょひ》だから。交流《こうりゅう》するのは今回《こんかい》だけよっ！」

「…………」

別《べつ》の方向《ほうこう》に意地悪《いじわる》だった！

なんなのなんなの⁉ この人《ひと》、宇宙人《うちゅうじん》なの⁉

まったく話《はなし》がかみ合《あ》わないし、超《ちょう》イヤな子《こ》なんだけど――――！

そんな、強烈《きょうれつ》な初対面《しょたいめん》のときのことを思《おも》い出《だ》して、思《おも》わず噴《ふ》き出《だ》してしまった。

そうだった。奈子《なこ》はあのときから『同担拒否《どうたんきょひ》』って言《い》ってたわ。

奈子《なこ》がいぶかしげに私《わたし》を見《み》る。

「なんなのよ、急《きゅう》に噴《ふ》き出《だ》して。」

「いや、濃《こ》い一年《ねん》だったな～と思《おも》って。」

「はぁ？　意味《いみ》わかんないわ。あんた宇宙人《うちゅうじん》？」

いや、どっちがだよ！　宇宙人《うちゅうじん》はあんたでしょーが！

なんてツッコミは、止《と》めてくれる日向《ひなた》がいないから、飲《の》みこんでおいた。

でも……。

強烈《きょうれつ》なあの出会《であ》いから一年後《ねんご》、ギャーギャー言《い》いながら、奈子《なこ》といっしょに推《お》し活《かつ》してるなんて、誰《だれ》が想像《そうぞう》できただろう。

同担拒否《どうたんきょひ》のくせに、私《わたし》たちいつも、熱《あつ》い推《お》しトークをしてる。

(それもこれも、日向《ひなた》のおかげでもあるよね。)

いつも私《わたし》と奈子《なこ》の間《あいだ》でオロオロしながらも、フォローしてくれた。

緩衝材《かんしょうざい》の日向《ひなた》がいなくなったら、私《わたし》と奈子《なこ》のナゾの関係《かんけい》も終《お》わっちゃうかもって思《おも》ってたけど。

（意外《いがい》と続《つづ》きそう。ていうか、私《わたし》たち、もう友《とも》だちじゃない⁉）

ちらりと奈子《なこ》を見《み》る。

「申《もう》しこみ完了《かんりょう》～！　メインステージの光莉《ひかり》と壱弥《いちや》のチケット、当選《とうせん》しますように～！　光莉《ひかり》と壱弥《いちや》を最前列《さいぜんれつ》で拝《おが》めますように～～～！　ファンサたくさんもらえますように！　私《わたし》だけに投《な》げキッスしてくれますように～！　ねぇ、そこのキミ。一目惚《ひとめぼ》れしちゃったみたい。僕《ぼく》の楽屋《がくや》においで……なんてキュン展開《てんかい》がありますように～～！」

いや、お願《ねが》いがどんどん図々《ずうずう》しくなってるから。

ていうか最後《さいご》、どんな妄想《もうそう》だよ！　最高《さいこう》すぎるだろ！

ほんと、奈子《なこ》は清々《すがすが》しいくらい自分中心《じぶんちゅうしん》で、いつだって自分《じぶん》の「好《す》き」に全力《ぜんりょく》だ。

（ちょっとうらやましい……なんて、口《くち》が裂《さ》けても言《い》わないけど。）

奈子《なこ》はドルフェスのホームページを舐《な》めるように見《み》つめて、あっ！　と声《こえ》を上《あ》げた。

「超小《ちょうちい》さくていかにも新人枠《しんじんわく》のこのブース、新人《しんじん》アイドルが出《で》るのね。」

「言《い》い方《かた》！　失礼《しつれい》にもほどがあるから。」

「このブースの出場権《しゅつじょうけん》を得《え》るために、新人《しんじん》アイドルが公開《こうかい》オーディションをするみたい。」

「へぇ〜〜！　じゃあ、もしかして……。」

「そうね。ｋｉｒａ《キラ》－ｋｉｒａ《キラ》もエントリーしてるわ。」

「わ〜〜！　楽《たの》しみだね！　がんばれ、日向《ひなた》！　ていうか、ｋｉｒａ《キラ》－ｋｉｒａ《キラ》なら楽勝《らくしょう》でしょ！」

「そう思《おも》いたいけど……。強敵《きょうてき》がいるわ。ナチュリよ。」

「あっ！　本当《ほんとう》だ。ナチュリもエントリーしてる！」

ナチュリはちょっと前《まえ》にデビューした、ギャラクシー所属《しょぞく》のガールズグループ。

たしかに強敵《きょうてき》だ。

「ギャラクシーってことは、光莉《ひかり》の後輩《こうはい》よ。」

「だね。壱弥《いちや》の後輩《こうはい》のｋｉｒａ《キラ》－ｋｉｒａ《キラ》との全面対決《ぜんめんたいけつ》になるんだ……。」

「オーディションは動画配信《どうがはいしん》されるみたい。」

「絶対見《ぜったいみ》なきゃ！」

「そうね。ｋｉｒａ《キラ》ーｋｉｒａ《キラ》を全力《ぜんりょく》で推《お》して応援《おうえん》するわよ！」

気《き》がついたら、いつのまにか元気《げんき》になっていた。

（私《わたし》の時間《じかん》も動《うご》きだしたみたい。）

この先《さき》、わくわくすることがたくさん待《ま》ってるからだと思《おも》う。

（がんばれ日向《ひなた》！　私《わたし》と奈子《なこ》は、ここから応援《おうえん》してるから！）

空《そら》を見上《みあ》げて、心《こころ》からエールを送《おく》った。ステラ学園《がくえん》まで届《とど》きますように！

そのとき――……。

ピコン！　とメッセージの着信音《ちゃくしんおん》が鳴《な》った。

（あっ！　日向《ひなた》からだ！）

うそうそ！　日向《ひなた》がメッセージをくれた～！

【日向《ひなた》：あーちゃん、元気《げんき》？　新学期《しんがっき》はどう？　私《わたし》は驚《おどろ》くようなことがたくさんあったよ！　今度聞《こんどき》いてね】

元気《げんき》なかったけど、元気《げんき》になったよ。奈子《なこ》のおかげで。

新学期《しんがっき》も楽《たの》しめそうだよ。驚《おどろ》くようなことって、なんだろう！

（日向《ひなた》が元気《げんき》そうでよかった。）

ピコン！

次《つぎ》のメッセージを見《み》て、私《わたし》は目玉《めだま》が落《お》っこちそうなくらい目《め》を見開《みひら》いた。

【日向《ひなた》：壱弥《いちや》のシークレットコンサート、チケットが手《て》に入《はい》ったの！　いっしょに行《い》こう！　四枚《まい》あるから、あーちゃんがよければ光莉《ひかり》と奈子《なこ》もいっしょに】

わわわっ。わわわわっ！

信《しん》じられないようなメッセージに、手《て》がふるえる。

何度《なんど》も読《よ》み返《かえ》したいのに、ぶわっと涙《なみだ》があふれて文字《もじ》がぼやけちゃってるよ。

（ありがとう、日向《ひなた》。）

いっしょに壱弥《いちや》のコンサートに行《い》けるのもうれしいけど、なによりも……。

壱弥《いちや》のコンサートにいっしょに行《い》こうって言葉《ことば》、ちゃんと覚《おぼ》えていてくれたんだね。

それがうれしくて、胸《むね》がいっぱいだよ。

別《べつ》の世界《せかい》に行《い》っても……芸能界《げいのうかい》に飛《と》びこんでも、日向《ひなた》は変《か》わらない気《き》がする。

（もし変《か》わったって、私《わたし》はずっと日向《ひなた》が大好《だいす》きだし応援《おうえん》してるよ。）

決《き》めた。私《わたし》も、私《わたし》が輝《かがや》ける場所《ばしょ》を見《み》つけよう！

心《こころ》に火《ひ》がついた私《わたし》は、ごしごしと涙《なみだ》をぬぐった。

「なによ。涙《なみだ》ぐんだりニヤニヤしたり。」

奈子《なこ》がジロッと横目《よこめ》で私《わたし》を見《み》てる。

（しょうがないなぁ。日向《ひなた》のやさしさに免《めん》じて、奈子《なこ》も誘《さそ》ってやるか〜。）

推《お》し活仲間《かつなかま》だし、意外《いがい》といいやつだしね。

「奈子《なこ》、私《わたし》に一生感謝《いっしょうかんしゃ》しなさいよ。」

「は？　急《きゅう》になんなのよ。この私《わたし》があんたに感謝《かんしゃ》なんてするわけないじゃない。」

「へぇ〜。そういうこと言《い》うんだ〜。ふーん。奈子《なこ》は行《い》かなくていいんだ〜〜。」

「は？　なによ。どこに行《い》くのよ。」

私《わたし》はこれ以上《いじょう》ないくらいのドヤ顔《がお》で、奈子《なこ》に言《い》い放《はな》った。

「壱弥《いちや》のシークレットコンサートだよっ！」

そのときの奈子《なこ》の顔《かお》ったら、最高傑作《さいこうけっさく》だったんだから！

目玉《めだま》が落《お》ちそうなくらい目《め》を見開《みひら》いて、顎《あご》がはずれそうなくらい口《くち》をあんぐり開《あ》けてる。

「は？　へ？　なななんですって？　今《いま》なんて言《い》ったの？」

「だから、壱弥《いちや》のシークレットコンサート！　今《いま》ね、日向《ひなた》がメッセージくれたの。チケット四枚《まい》手《て》に入《はい》ったから、いっしょに行《い》こうって。」

「あわわわあわわわ。」

「私《わたし》と、日向《ひなた》と、光莉《ひかり》と、奈子《なこ》で！」

「◎△$♪×¥●&%#⁉」

あーあ。奈子《なこ》がバグっちゃった。

それもそうだよね。

推《お》しの光莉《ひかり》といっしょに、推《お》しの壱弥《いちや》のシークレットコンサートに行《い》けるなんて、信《しん》じられないよ。

私《わたし》だって衝撃的《しょうげきてき》すぎて顎《あご》がはずれそうになったわ。

「行《い》くの？　行《い》かないの？」

「い、い、行《い》くに決《き》まってるじゃない！　行《い》かせていただきますに決《き》まってますでしょうよ！」

「あははは！　お腹《なか》がいたい〜〜！」

思《おも》わず空《そら》を仰《あお》いで大笑《おおわら》いしちゃった。

「な、なによ！　失礼《しつれい》しちゃうわね！」

ムスッとふくれた奈子《なこ》だったけど、すぐにプッと噴《ふ》き出《だ》した。

ふたりでいっしょにお腹《なか》がよじれるくらい大笑《おおわら》い！

「ねぇ、信《しん》じられる!?　私《わたし》たち、超《ちょう》レアな壱弥《いちや》のシークレットコンサートに行《い》けるんだよ!?」

「日向《ひなた》と光莉《ひかり》と、ついでに亜澄《あすみ》もいっしょに行《い》けるのよね？」

「ついでは余計《よけい》だけど、そうだよ！　四人《にん》で行《い》くんだよ！」

ピタッと動《うご》きを止《と》めた私《わたし》たちは、一瞬《いっしゅん》の沈黙《ちんもく》ののち、思《おも》いっきり抱《だ》き合《あ》った。

「「やった〜〜〜！　やった〜〜〜！」」

もう本当《ほんとう》に楽《たの》しみすぎる！　これだから推《お》し活《かつ》はやめられないんだよ〜！

推《お》しに出会《であ》えて、最高《さいこう》の親友《しんゆう》・日向《ひなた》に出会《であ》えて、推《お》し活仲間《かつなかま》で悪友《あくゆう》の奈子《なこ》に出会《であ》えて、私《わたし》の人生《じんせい》はキラキラ輝《かがや》いてる。

これからも、キラッキラな楽《たの》しみがたくさんあるってことが、最高《さいこう》に幸《しあわ》せだ。

「生《い》きててよかった〜〜〜〜〜〜！」

「生《う》まれてきてよかった〜〜〜〜〜！」

わけわかんないテンションで、私《わたし》と奈子《なこ》は屋上《おくじょう》から叫《さけ》んだ。

心《こころ》の中《なか》も、見《み》える景色《けしき》も、キラキラと輝《かがや》いていた。

8・5スペシャルおわり

あとがき

『ひなたとひかり8・5スペシャル』をお読《よ》みいただきありがとうございます！

今回《こんかい》は特別編《とくべつへん》！　初《はじ》めて『ひなひか』をお読《よ》みになる方《かた》は、先《さき》に1〜8巻《かん》を読《よ》んでからこちらを読《よ》んでいただくことをおススメします。よりお楽《たの》しみいただけるかと……！

8・5巻《かん》では、お手紙《てがみ》や読者《どくしゃ》ハガキ、青《あお》い鳥文庫《とりぶんこ》ホームページの「みんなの感想《かんそう》」でリクエストが多《おお》かった、光莉《ひかり》と壱弥《いちや》とあーちゃん視点《してん》のお話《はなし》を書《か》かせていただきました。

光莉編《ひかりへん》は、7巻《かん》で日向《ひなた》が光莉《ひかり》と入《い》れ替《か》わってステラ学園《がくえん》の調理実習《ちょうりじっしゅう》に行《い》った日《ひ》に、旭《あさひ》ケ丘中学校《おかちゅうがっこう》に行《い》った光莉《ひかり》の様子《ようす》と、光莉《ひかり》がアイドルデビューする少《すこ》し前《まえ》から諒《りょう》に恋《こい》するまでの、小《しょう》五のころのお話《はなし》です。光莉《ひかり》が「トップアイドルになる！」と決《き》めた理由《りゆう》や、諒《りょう》に恋《こい》するきっかけ、今《いま》までの光莉《ひかり》の言動《げんどう》はここからきてるのか〜とわかるような、裏話的《うらばなしてき》なエピソードを盛《も》り込《こ》みました。日向《ひなた》から見《み》る光莉《ひかり》は、『ド天然《てんねん》でちょっと鈍感《どんかん》だけど、しなやかで強《つよ》くて努力家《どりょくか》で才能《さいのう》あふれるキラキラ女子《じょし》』ですが、本当《ほんとう》の光莉《ひかり》は……？

苦悩《くのう》や困難《こんなん》に、彼女《かのじょ》らしく立《た》ち向《む》かう姿《すがた》が初《はじ》めて明《あ》かされましたが、いかがだったでしょうか？　光莉《ひかり》のことを、もっと好《す》きになってもらえたらうれしいです。

光莉《ひかり》から見《み》た日向《ひなた》の姿《すがた》や、初等部《しょとうぶ》時代《じだい》の壱弥《いちや》も見《み》どころですよ♪

壱弥編《いちやへん》は、８巻《かん》の水族館《すいぞくかん》デートを壱弥《いちや》視点《してん》で♡　溺愛《できあい》っぷりを、壱弥《いちや》の心《こころ》の声《こえ》とともにお楽《たの》しみください。あーちゃん編《へん》は、８巻《かん》と９巻《かん》の間《あいだ》くらいの時期《じき》のお話《はなし》です。

さて、新学期《しんがっき》を迎《むか》え、中学《ちゅうがく》二年生《ねんせい》になった日向《ひなた》たち。とんでもないメンバーが集《あつ》まり、新《あら》たな戦《たたか》いの幕《まく》が上《あ》がる９巻《かん》も、どうぞお楽《たの》しみに！

最後《さいご》に謝辞《しゃじ》を。今巻《こんかん》も、最高《さいこう》に尊《とうと》いイラストを描《か》いてくださった万冬《まふゆ》しま先生《せんせい》、担当編集《たんとうへんしゅう》の山室《やまむろ》さん、青《あお》い鳥《とり》文庫《ぶんこ》編集部《へんしゅうぶ》のみなさま、校閲《こうえつ》さん、デザイナーさん、この本《ほん》の制作《せいさく》に関《かか》わってくださったすべてのみなさまにお礼《れい》申《もう》し上《あ》げます。そして、この本《ほん》を手《て》に取《と》ってくれたあなたに、心《こころ》からの感謝《かんしゃ》を。たくさんの応援《おうえん》のおかげで、スペシャルな８・５巻《かん》を出《だ》すことができました！　これからも応援《おうえん》してもらえるとうれしいです。

それではまた！　２０２５年春《ねんはる》刊行《かんこう》予定《よてい》の９巻《かん》でお会《あ》いしましょう☆

高杉六花《たかすぎりっか》

この作品は書き下ろしです。

＊著者紹介

高杉六花《たかすぎりっか》

北海道在住。おとめ座のO型。育児中に大学院で子どもの発達や心理を学び、こども発達学修士号を取得。2019年、第７回角川つばさ文庫小説賞一般部門金賞を受賞。おもな作品に『君のとなりで。（全９巻）』、「さよならは、言えない。」シリーズ（ともに角川つばさ文庫）、「ないしょの未来日記」シリーズ、「桧山先輩はわたしの〇〇！」シリーズ（ともにポプラキミノベル）、「消えたい私は、きみと出会えて」シリーズ（集英社みらい文庫）、『溺愛チャレンジ！　恋愛ぎらいな私が、学園のモテ男子と秘密の婚約⁉』（野いちごジュニア文庫）がある。旅行とカフェ巡りとぼーっとするのが好き。

＊画家紹介

万冬《まふゆ》しま

宮城県在住。いて座のO型。「クラスで一番の彼女、実はボッチの俺の彼女です」シリーズ（角川スニーカー文庫）の挿絵などを担当する。食べることとたまに遠出することが趣味。

読者のみなさまからのお便りをお待ちしています。
下のあて先まで送ってくださいね。
いただいたお便りは、編集部から著者へおわたしいたします。
〒112-8001 東京都文京区音羽2-12-21 講談社 青い鳥文庫編集部

講談社 青い鳥文庫

ひなたとひかり 8.5スペシャル
高杉《たかすぎ》六《りっ》花《か》

2025年2月15日 第1刷発行
2025年3月18日 第2刷発行

(定価はカバーに表示してあります。)

発行者 安永尚人
発行所 株式会社講談社
東京都文京区音羽2-12-21 郵便番号112-8001
電話 編集 (03) 5395-3536
販売 (03) 5395-3625
業務 (03) 5395-3615

N.D.C.913 190p 18cm

装 丁 primary inc.,
久住和代
印 刷 TOPPANクロレ株式会社
製 本 TOPPANクロレ株式会社
本文データ制作 講談社デジタル製作

KODANSHA

(落丁本・乱丁本は、購入書店名を明記のうえ、小社業務あてにお送りください。送料小社負担にておとりかえします。)

■この本についてのお問い合わせは、青い鳥文庫編集まで、ご連絡ください。

ISBN978-4-06-538009-3

「講談社《こうだんしゃ》 青《あお》い鳥《とり》文庫《ぶんこ》」刊行《かんこう》のことば

太陽《たいよう》と水《みず》と土《つち》のめぐみをうけて、葉《は》をしげらせ、花《はな》をさかせ、実《み》をむすんでいる森《もり》。小《こ》鳥《とり》や、けものや、こん虫《ちゅう》たちが、春《はる》・夏《なつ》・秋《あき》・冬《ふゆ》の生活《せいかつ》のリズムに合《あ》わせてくらしている森《もり》。森《もり》には、かぎりない自然《しぜん》の力《ちから》と、いのちのかがやきがあります。

本《ほん》の世界《せかい》も森《もり》と同《おな》じです。そこには、人間《にんげん》の理想《りそう》や知恵《ちえ》、夢《ゆめ》や楽《たの》しさがいっぱいつまっています。

本《ほん》の森《もり》をおとずれると、チルチルとミチルが「青《あお》い鳥《とり》」を追《お》い求《もと》めた旅《たび》で、さまざまな体験《たいけん》を得《え》たように、みなさんも思《おも》いがけないすばらしい世界《せかい》にめぐりあえて、心《こころ》をゆたかにするにちがいありません。

「講談社《こうだんしゃ》 青《あお》い鳥《とり》文庫《ぶんこ》」は、七十年《ねん》の歴史《れきし》を持《も》つ講談社《こうだんしゃ》が、一人《ひとり》でも多《おお》くの人《ひと》のために、すぐれた作品《さくひん》をよりすぐり、安《やす》い定価《ていか》でおおくりする本《ほん》の森《もり》です。その一さつ一さつが、みなさんにとって、青《あお》い鳥《とり》であることをいのって出版《しゅっぱん》していきます。この森《もり》が美《うつく》しいみどりの葉《は》をしげらせ、あざやかな花《はな》を開《ひら》き、明日《あす》をになうみなさんの心《こころ》のふるさととして、大《おお》きく育《そだ》つよう、応援《おうえん》を願《ねが》っています。

昭和《しょうわ》五十五年《ねん》十一月《がつ》

講談社